Space Flight

Written by
Jill Atkins

This astronaut is at the space port.
She is waiting to go into space.

Her space outfit is thick and strong.
It will keep her safe on her mission.

This astronaut puts his outfit on and then he slips on his helmet and boots.

Sometimes, a number of astronauts go on a trip. Not all astronauts are men!

When it is time to go, the astronauts travel to the launch pad. They get out of the bus and wave to the crowd. Then they mount the steps.

Inside the nose cone of the rocket, they sit down and clip their safety harnesses on.

The harnesses strap them in tight.

The countdown is under way, but the flight might be cancelled if it is cloudy or too windy.

The take-off must be safe.

Bright, hot flames burst from the bottom of the rocket. There is a sound like thunder.

"5 ... 4 ... 3 ... 2 ... 1."

The rocket shudders and begins to rise.

"We have lift-off! Everything is go. Our mission is under way."

The rocket zooms up and up, higher and higher into the sky.

From space, planet Earth looks magnificent!

Now the astronauts can unclip their harnesses.

There is no gravity in space, so they float around inside the spaceship. They have fun looping the loop. Everything floats around them.

Sometimes, a spaceship travels around the Earth in orbit.

Sometimes a spaceship docks with a space station. The spaceship takes food to the astronauts living on the space station.

When it is time to return to Earth, the crew of the spaceship fix their harnesses and get everything ready.

They wait for re-entry and landing.

At last the spaceship lands back on planet Earth.

The mission is finished and everybody is safe. What a fantastic adventure!

Les Cimetières de Montmartre

AVANT ET PENDANT LA RÉVOLUTION

I. — Le Cimetière paroissial. — Le Champ du Repos. — Le Cimetière Saint-Roch. — Le Cimetière des Porcherons. — Le Trou aux Suisses. — Montmartre-nécropole.

Les origines du cimetière paroissial de Montmartre sont aussi vieilles que celles de l'antique église Saint-Pierre, dont l'abbé Lebeuf reporte au commencement du VIIe siècle les plus anciennes traces qui soient connues (1). Les sarcophages de plâtre qu'on a découverts en 1875, lors des fouilles exécutées pour la construction du Sacré-Cœur, en arrière du chevet de Saint-Pierre, et qui ont été transportés au musée Carnavalet, témoignent suffisamment de ces origines lointaines ; on en voit des indices certains dans les ornements en relief, composés de chrismes, de rosaces et de croix de l'époque de Dagobert, qui décorent les parois extérieures de ces sépultures (2).

Le cimetière mérovingien de Montmartre devait entourer l'église Saint-Pierre, car seize années plus tard, en 1891, par suite des déblais nécessités par l'élargissement de la rue du Mont-Cenis, on retrouvait, à quelques mètres en avant du portail de cette église, plusieurs autres sarcophages de plâtre portant encore quelques traces visibles d'un même genre de décoration. L'un de ces sarcophages a été recueilli par les soins de M. Félix Jahyer pour le musée de la Société du « Vieux Montmartre (3) ».

---

(1) L'abbé Lebeuf, *Histoire du diocèse de la Ville de Paris*, t. III, pp. 96 et 97.
(2) *Comptes rendus de l'Acad. des Inscriptions et Belles-Lettres*, 1875, séance du 21 mai, pp. 103 et 105. — Voir aussi un article de M. Longperrier dans le *Bulletin de la Société de l'Histoire de Paris et de l'Ile-de-France*, 1875, pp. 77 et 78 ; et la notice de M. Rohault de Fleury dans le *Bulletin du Comité d'histoire et d'archéologie du diocèse de Paris*, 1883, pp. 61 à 72.
(3) *Bulletin de la Société du « Vieux Montmartre »*, 1891, Rapport de M. Félix Jahyer, pp. 12, 13 et 14.

Nul doute qu'il s'agit du cimetière paroissial de Montmartre dans l'acte de la donation faite, en 1096, par le chevalier Gauthier Payen et sa femme Hodierne la Comtesse, au prieuré de Saint-Martin-des-Champs, de l'église du lieu « avec l'autel et la sépulture (1) ».

L'existence de ce cimetière au moyen âge est encore attestée par les sépultures mises tout d'abord à découvert en 1875, au même endroit, c'est-à-dire en arrière de l'abside de Saint-Pierre, dans la couche de terre meuble supérieure à celle où furent trouvés ensuite les sarcophages mérovingiens. C'était une série de squelettes, dont les cercueils de bois étaient entièrement détruits ; il ne restait de chaque sépulture qu'un vase en terre jaune sans couverte (2), orné de stries rouges, posées au pinceau, et dont la panse était percée de trous. Ces vases contenaient encore le charbon qui servait à brûler l'encens, suivant l'usage liturgique. Leur forme et leur décoration se rapportent aux XIIIe et XIVe siècles, et rappellent tout à fait ceux qu'on a recueillis dans les cimetières Saint-Jacques-la-Boucherie, Saint-Séverin et autres. Quelques fragments de vases à couverte métallifère verts et jaunes semblent indiquer des sépultures du XVe siècle (3).

Michel de Trétaigne dit, d'après les *Registres paroissiaux de Montmartre*, que la première mention écrite d'un cimetière en cet endroit date de 1635, et que, en 1688, on en établit un nouveau (4).

Dans le *Cartulaire de Montmartre*, on voit que, par acte passé à Paris, le 22 juillet 1697, devant Sainfray notaire, les Dames abbesses et religieuses de Montmartre ont donné aux manants et aux habitants dudit lieu un terrain pour faire un cimetière clos de murs et un clocher, le tout aux dépens des habitants, à la charge de payer aux dites Dames à perpétuité, par chacun an, une journée de corvée par chaque habitant (5).

Il est évident que l'emplacement du cimetière dont il est question dans cet acte, est le même que celui actuellement occupé par le cimetière du Calvaire, emplacement précisé par le clocher dont il

---

(1) Félibien et Lobineau, *Histoire de la Ville de Paris*, t. Ier, pp. 158 et 159.
(2) La couverte constitue l'émail proprement dit d'une poterie.
(3) Longperrier, *loc. cit.*, p. 77.
(4) Michel de Trétaigne, *Montmartre et Clignancourt*, Paris, 1860, 1 vol. in-8°, p. 211.
(5) E. de Barthélemy, *Cartulaire de Montmartre*, Paris, 1883, in-8°, p. 277.

est aussi parlé, et qui couronnait encore la chapelle des fonts baptismaux, au nord du portail de l'église, il y a environ quarante ans. L'abbé Lebeuf mentionne d'ailleurs que l'entrée du monastère, ornée des armes de la maison de Lorraine, était proche le cimetière de la paroisse (1).

D'après les *registres du greffe de la prévôté de Montmartre*, à la date du 20 juin 1764, et les *registres paroissiaux* (14 septembre 1770), il est établi que le bailli et le prévôt faisaient des ordonnances et prenaient des arrêtés concernant les inhumations dans le cimetière de la paroisse (2).

A côté du cimetière paroissial, l'intérieur même de l'église servait aussi de lieu de sépulture; mais l'opulence seule pouvait y prétendre. Parmi les personnages qui ont eu les honneurs de cette sépulture privilégiée, nous ne pouvons encore citer que quatre noms :

1° M. Jacques Dufossé, chevalier des ordres du Roi, seigneur de Watteville, lieutenant des gardes de Sa Majesté, brigadier de ses camps et armées, décédé, le 8 janvier 1702, dans son habitation à Clignancourt (3); — 2° Mlle Camille, actrice de la Comédie-Italienne, décédée le 20 juillet 1768, dans sa « petite maison » de la rue Blanche (4); — 3° M. Gaillard de la Bouexière, ancien fermier général, décédé le 14 novembre 1773, dans cette délicieuse « folie », que nos pères ont pu voir, dans leur jeunesse, transformée en « Tivoli », et dont il ne reste plus aujourd'hui que les arbres du square Vintimille et le jardin du couvent établi, à présent, à l'angle de la rue de Douai et du boulevard de Clichy (5); — 4° M. de Watteville, baron de Châteauvillain, mort le 10 mai 1779, et dont la demeure était située rue de La Rochefoucauld. La rue d'Aumale traverse, depuis 1847, l'emplacement qu'occupaient les vastes jardins de cette habitation (6).

Mais voici la Révolution. Les cimetières, considérés comme biens du clergé, furent décrétés, par la loi du 15 mai 1791, biens nationaux. Par l'effet de cette loi, le cimetière paroissial de Montmartre

---

(1) L'abbé Lebeuf, *loc. cit.*, t. III, p. 116.
(2) Michel de Trétaigne, *loc. cit.*, p. 131.
(3) Idem, *ibid.*, p. 234.
(4) *Mémoires* de Bachaumont, 29 juillet 1768; J. Mauzin, *Mademoiselle Camille*, notice publiée dans le *Bulletin du « Vieux Montmartre »*, 1888, 7° fascicule, pp. 1 à 12.
(5) Michel de Trétaigne, *loc. cit.*, p. 154.
(6) Idem, *ibid.*, p. 153.

devint propriété de la commune. Puis, avec la Révolution, vint aussi la fermeture de ce cimetière, et l'on ignore ce qu'en devinrent les tombes ainsi que celles de l'église. Parmi les sépultures dont il faut déplorer la disparition, nous ne saurions omettre celle du sculpteur J.-B. Pigalle, inhumé dans le cimetière Saint-Pierre, le 22 août 1785 (1). On sait que cet artiste célèbre habitait près de l'ancienne barrière Blanche, au coin de la rue Saint-Lazare. C'est à tort que plusieurs auteurs ont indiqué sa sépulture dans le grand *Cimetière du Nord*. Il existe bien actuellement dans ce cimetière (15° division, 1re ligne, avenue Saint-Charles, n° 25) une pierre tombale levée, très ancienne, portant la brève inscription, « *Jean-Pierre Pigalle, sculpteur* »; mais cette modeste pierre ne concerne seulement que la mémoire de celui qui fut le neveu et l'élève du grand Pigalle, et qui mourut en 1796; elle provient assurément d'autre part, elle se trouve à présent adossée à la tombe de Mme Devismes, née Alexandrine-Prospère Pigalle, morte en 1859, et qui fut peut-être bien la fille ou la nièce de ce Jean-Pierre Pigalle.

Des anciennes sépultures paroissiales de Montmartre, il ne subsiste plus d'autres traces que deux tronçons d'épitaphes du xviie siècle, recueillis, de nos jours, par M. F. de Guilhermy dans ses *Inscriptions de la France du Ve au XVIIe siècle* (t. II, pp. 92 et 93).

L'une de ces épitaphes, consacrée à la mémoire de Nicolas Doublet, avocat au parlement, est gravée sur un marbre, dont il ne reste plus qu'un fragment mesurant 0^m,72 de long sur 0^m,64 de large. Voici néanmoins ce qu'on a pu conserver du texte :

Cy gist NICOLAS DOVBLET, advocat av
parlement seignevr de saint-avbin-svr
Yonne (2) et de candevvre chef des conseils
des maisons de Soisons *(sic)* (3) et de Longveil (4).
Homme de grand mérite dans sa profession
et d'vne singvlière probité qvi décéda le
28e avril 1651 : agé de 64 ans : et damoiselle

---

(1) *Actes d'état civil d'artistes français, détruits dans l'incendie de l'Hôtel de Ville, en 1871*, publiés par Herluison pour la *Société de l'Art français* (Orléans, 1873-1874, in-8°). — E. Tarbé, *la Vie et les Œuvres de Pigalle*, Paris, 1859, 1 vol. in-8°.
(2) Paroisse de l'arrondissement de Joigny (Yonne).
(3) Louis de Bourbon, comte de Soissons, fut tué en 1641, à la bataille de la Marfée ; il eut pour héritier son fils naturel, Louis Henri, légitimé en 1643, mort en 1703.
(4) Les Longueil, marquis de Maisons et de Poissy ; illustre famille parlementaire

MARIE LENOIR SA FEMME QVI DÉCÉDA LE I
OCTOBRE 1677. AGÉE DE 82 ANS.
LAQVELLE PAR CONTRAT PASSÉ PAR DEVANT
GAVLTIER ET DESNOTS NOTAIRES AV CHASTELET
DE PARIS AVEC MESSIEURS LES MARGVILLERS
DE CETTE ÉGLISE LE 21 DÉCEMBRE 16.....
A FONDÉ VNE MESSE BASSE POVR CHACVN
VENDREDY, ET DEVX SERVICES COMPLETS
POVR CHACVN AN, L'VN AV TOVR DV DECEDS
DVDIT DOVBLET, L'AVTRE AV TOVR DV
DÉCEDS DE LA DITE LENOIR PENDANT
CENT ANS, MOYENNANT DEVX MIL LIVRES
QV'ELLE A DONNÉ (sic) COMPTANT AVS DITS
SIEVRS MARGVILLERS
..... LOVIS DOVBLET. . . . .

Ce marbre a été retrouvé dans le petit cimetière de Montmartre, vers 1835.

La deuxième inscription tombale, signalée par de Guilhermy, appartenait à une moitié de dalle en pierre noire qui gisait, abandonnée, dans le même cimetière, à la même époque. L'encadrement était décoré de rosaces, de rinceaux, de têtes d'anges, et d'un filet perlé. L'écusson, jadis rapporté par incrustation, n'existait plus ; il ne restait que les lacs rompus et les palmes qui avaient servi d'accessoires. L'épitaphe, toute mutilée, ne donnait, avec la date de 1664, que le nom de :

DAME MARIE COVRTIN VEVVE DE HAVT ET
PVISSANT SEIGNEVR..... CHEVALIER DV RENOV.....
REMARIÉE A PIERRE THIERSAULT MAITRE DES
REQVETES ORDINAIRES DE L'HOTEL DU ROY.....

Aux deux inscriptions rapportées par de Guilhermy, nous pouvons joindre celle d'une modeste pierre tombale du XVIIIe siècle, que nous avons eu l'occasion de signaler, il y a quelques années, dans notre notice sur Saint-Pierre de Montmartre (1) ; nous l'avons découverte derrière le maître-autel de cette église, où elle fait partie du dallage. Non moins digne d'intérêt que les précédentes, cette inscription se présente comme nous l'indiquons ci-après ; les quelques mots qui manquent sont cachés sous le maître-autel :

---

(1) Voir le *Bulletin de la Société des Amis des monuments parisiens*, 2e vol., 1888, p. 112.

> CI GIT
> DAME HENRIETTE THÉRÈSE CADET
> DÉCÉDÉE LE 15 JUILLET 1783, AGÉE
> DE 17 ANS 5 MOIS 16 JOURS, ÉPOUSE
> DE M. WEILER PEINTRE DU ROI (1)
> ÉRIGÉ CE MONUMENT
> VERTUS
> POUR LE
> REPOS DE SON AME

Gardons-nous, enfin, d'omettre la note suivante extraite par notre collègue, M. Lucien Lazard, des *Papiers des frères Lazare* conservés aux Archives de la Seine (*dossier de Montmartre*) :

« 18 janvier 1780. — Inhumation de *Louise-Zizine Vadé*, décédée « d'hier, 22 ans, fille de Jean-Joseph Vadé, pensionnaire du Roy, « et d'Anne-Louise Verrier, rue Royale. » (Anciennes archives de l'état civil de Montmartre.)

Cette « Zizine » est bien la fille de l'auteur de *la Pipe cassée*, qui obtint de Louis XV une pension de 400 livres pour avoir improvisé, à l'occasion de l'attentat de Damiens, *l'Impromptu du cœur*, opéra-comique de circonstance, qui fut joué, le 8 février 1757, à la Foire-Saint-Germain. Vadé ne devait pas jouir bien longtemps de cette pension, car il mourut âgé de 37 ans, le 4 juillet de la même année, laissant une fille naturelle, qu'il venait d'avoir d'une maîtresse fidèle et dévouée, Mlle Louise Verrier : la pauvre « Zizine ». Il y avait quatre ans qu'elle avait débuté dans la tragédie à la Comédie-Française, lorsqu'elle mourut, en 1780, rue Royale (à présent rue Pigalle) (2).

Au temps de la période révolutionnaire, Montmartre ne fut cependant pas privé de lieu de sépulture. C'est probablement de la fermeture de l'ancien cimetière paroissial que date l'origine du grand *cimetière du Nord*, qui fut d'abord désigné, à cause de son emplacement, sous le nom de *cimetière de la Barrière Blanche*,

---

(1) J.-B. Weiler, peintre en émail et en miniature, né à Strasbourg en 1749, mort le 25 juillet 1791, fut reçu à l'Académie royale de peinture et de sculpture le 25 septembre 1779; fut chargé par Louis XVI, en 1785, de faire sur émail le portrait des hommes célèbres ; la mort l'arrêta au milieu de cet intéressant travail. Mme Kugler, sa seconde épouse et son élève, obtint du gouvernement de continuer la collection. (Siret, *Dictionnaire des peintres*, Paris, 1870, in 8°.)

D'après l'*Almanach royal* des années 1782, 1783, et 1784, Weiler habitait, au moment de la mort de sa première femme, « rue du Mail, dans la maison de M. Cadet ».

(2) Voir la *Biographie universelle* de Michaud, t. XLII, p. 402.

puis sous celui de *cimetière sous Montmartre*, enfin sous celui de *Champ du Repos*.

Quoi qu'il en soit, ce nouveau cimetière fonctionnait déjà en 1795; mais ce n'était encore qu'un enclos assez étroit, établi sur l'emplacement d'anciennes carrières abandonnées, ainsi qu'il appert d'un récit lamentable, daté de l'an III et intitulé *l'Enterrement de ma mère*, que nous avons remis ailleurs en lumière, et où l'on voit les morts, non pas enterrés, mais jetés, par les ouvertures des anciens trous d'extraction, au fond de ces carrières (1).

Non loin de là se trouvait aussi le *cimetière Saint-Roch*, qu'on rencontrait alors dans le haut de la rue Royale (aujourd'hui rue Pigalle), à main gauche avant d'arriver à la barrière, et qui remplaçait, depuis plusieurs années, l'ancien cimetière de la paroisse Saint-Roch, sis à la chaussée d'Antin (2).

Or le cimetière Saint-Roch de la rue Royale avait été, dès le début de la Révolution, affecté aux cinq premiers arrondissements de Paris, jusqu'à ce qu'un ordre du Bureau Central, en date du 14 thermidor an IV, dut en prononcer, une première fois, la fermeture, pour faire taire les réclamations des habitants, qui depuis dix ans se plaignaient de son voisinage, bien qu'il fût séparé des maisons par la rue Royale d'un côté, et des autres côtés par des jardins. C'était alors le seul cimetière qu'on prétendait hors la ville (3). Il resta néanmoins encore ouvert pendant environ deux années.

Puis, l'insuffisance de ce cimetière s'étant fait sentir, un arrêté départemental, du 16 frimaire an VI, prescrivit aux municipalités de ces cinq arrondissements de conduire leurs morts dans l'ancien petit cimetière de Montmartre. Mais les dites municipalités ne furent pas très empressées d'obtempérer aux prescriptions de cet arrêté, vu les inconvénients qu'offrait le cimetière de Montmartre par son grand éloignement et la montée difficile de son accès, tandis qu'il

---

(1) Voir le journal *Montmartre-la-Chapelle* du 30 octobre au 5 novembre et du 6 au 12 novembre 1887.

(2) Ce cimetière était situé sur la droite de la chaussée d'Antin, entre les boulevards et la rue de Provence (voir le plan de Jaillot de 1775); une ordonnance du lieutenant de police du 29 novembre 1781, homologuée par arrêt du parlement du 26 février 1782, en ordonna la fermeture ; on a continué à en faire usage jusqu'en novembre 1782. (Dr Gannal, *les Cimetières*; Paris, s. d., in-8°, p. 112 de l'appendice.)

(3) *Archives de la Seine*, série D, Bureau Central du canton de Paris, n°^{s} 424 et 331. — Dr Gannal, *loc. cit.*, p. 210 (appendice).

leur paraissait encore possible de se servir du cimetière Saint-Roch pendant quatre ou cinq mois. Après avoir rappelé de nouveau son arrêté du 16 frimaire, l'administration ne tarda pas à se convaincre de la justesse de ces objections, car, le 8 messidor suivant, elle rendait un nouvel arrêté relatif à la fermeture du cimetière Saint-Roch, en désignant, cette fois, pour son remplacement, le terrain situé hors les murs de Paris, entre les barrières Blanche et de Clichy (1), c'est-à-dire le *Champ du Repos*, qui, d'abord resserré dans cet horrible et étroit enclos, où les morts étaient jetés dans des trous de carrière, comme nous l'avons dit plus haut, devait successivement s'accroître et devenir la vaste nécropole, appelée aujourd'hui le *Cimetière du Nord*.

Mais, en attendant l'établissement définitif du *Champ du Repos*, le cimetière Saint-Roch dut servir encore pendant quelque temps aux inhumations des Ier, IIIe, IVe et V^e arrondissements, tandis que, en raison de son exiguïté, l'ancien cimetière paroissial de Montmartre ne reçut que les décédés du IIe arrondissement (aujourd'hui le IXe), pendant le court espace de trois mois (2).

Agrandi d'un peu plus d'un hectare en 1798, le *Champ du Repos* servit aux inhumations d'une grande partie de la rive droite jusque vers 1806, époque à laquelle il était, à son tour, devenu insuffisant. Quelques personnages célèbres y avaient déjà reçu la sépulture : Mme Duboccage, en 1802 ; le poète Saint-Lambert, en 1803, dont les restes ont été transportés, en 1843, au Père-Lachaise ; le peintre Greuze, en 1805, dont la tombe fut, en 1843, réunie à celle de ses deux filles, à quelques pas plus loin dans la partie de 10 hectares et demi ajoutés, en 1825, à l'ancien *Champ du Repos*, pour constituer enfin le *cimetière du Nord*.

Avant de clore ce chapitre, nous mentionnerons aussi un autre petit cimetière, lequel était jadis situé dans le haut du faubourg Montmartre, entouré de nombreuses maisons, et qui fut supprimé en 1794, conformément à la loi qui défendait les inhumations dans l'intérieur des villes (3). Ce cimetière, dont l'emplacement était à mi-distance environ des rues Buffaut et Coquenard, était placé sous

---

(1) *Arch. de la Seine*, municipalités des cinq premiers arrondissements. Établissements publics. Cimetière Roch, délibérations du 18 brumaire au 16 messidor an VI.
(2) Michel de Trétaigne, *loc. cit.*, pp. 209 et 211.
(3) Idem, *ibid.*, p. 208.

le vocable de *Saint-Eustache*, parce qu'il dépendait de la paroisse de ce nom ; on l'a aussi désigné sous le nom de *cimetière des Porcherons*. Il attenait à la petite chapelle Saint-Jean-Porte-Latine (1), qui, après la Révolution, servit d'église paroissiale, en remplacement de l'ancienne chapelle de Notre-Dame-de-Lorette, qui tombait en ruine, jusqu'à l'achèvement de la nouvelle église de ce nom, en 1836. De décembre 1785 à mai 1786, le cimetière des Porcherons reçut en dépôt provisoire 286 voitures d'ossements, provenant de l'ancien cimetière des Innocents qu'on était en train de désaffecter ; ces ossements furent repris ensuite et transportés à la Tombe-Issoire pour être descendus dans les catacombes (2).

Le voisinage funèbre du cimetière Saint-Roch fit donner à l'ancienne rue Royale le nom de *rue du Champ-d'Asile*, jusqu'à ce qu'elle prît celui de *Pigalle*, en l'an XI. De même, la rue des Martyrs, située entre l'ancien cimetière Saint-Eustache et la direction des cimetières de Montmartre, fut appelée la *rue du Champ-du-Repos*, de 1793 à 1806 (3).

En ce temps-là, les régions montmartroises ne pouvaient manquer d'être vouées au deuil ; en effet, dès le lendemain de la fameuse journée du 10 août 1792, c'est dans une carrière abandonnée située au pied de Montmartre, près de la barrière Rochechouart et vers la rue Pétrelle, que furent enterrés environ cinq cents soldats de la garde suisse qui périrent dans l'attaque du château des Tuileries (4). Le nom de *Trou aux Suisses* resta attaché à cette vaste sépulture.

Sept années plus tard, le citoyen Cambry, administrateur du département de la Seine, présentait, avec rapport à l'appui, le superbe projet d'un cimetière destiné aux sépultures de la totalité de la Ville de Paris, et lequel projet avait été dessiné par l'architecte Molinos. Il ne s'agissait rien moins que de transformer en une immense et majestueuse nécropole la butte Montmartre, dont on aurait disposé les carrières souterraines en manière de catacombes richement

---

(1) La chapelle Saint-Jean-Porte-Latine, succursale de Saint-Eustache, fut construite vers 1780 ; elle fut démolie après 1836 pour faire place à des Écoles communales, qui disparurent, à leur tour, lors de l'ouverture de la rue de Châteaudun.

(2) Dr Gannal, *loc. cit.* (appendice), pp. 157 et 158.

(3) Lefeuve, *les Anciennes Maisons de Paris*, t. II, p. 498. — La Tynna, *Dictionnaire des rues de Paris*, 1816, in-12, p. 360.

(4) Héricart de Thury, *Description des catacombes de Paris*, 1815, 1 vol. in-8°, p. 194.

décorées, à l'usage des familles opulentes ; à la surface extérieure, le sol aurait été couvert d'arbres, de fleurs, de gazons et de masses imposantes d'architecture, comprenant des mausolées, des fours crématoires et des colombariums avec urnes cinéraires : l'administration laissant, bien entendu, aux parents des défunts le libre choix de les faire inhumer ou incinérer. Un projet d'arrêté, joint au rapport du citoyen Cambry, débutait en ces termes :

« *Article 1er* : Il y aura un champ de repos pour la commune
« de Paris. — *Art. 2* : Ce champ sera situé hors des murs. —
« *Art. 3* : Il sera procédé à l'établissement de ce champ sur la
« *montagne* appelée vulgairement *Montmartre,* laquelle portera
« désormais le nom de *Champs de repos* (1). »

Bien qu'il n'y fût donné aucune suite, le projet de Cambry (2) et de Molinos (3) n'en témoigne pas moins d'un esprit de progrès large et puissant, digne de ces conceptions à la fois grandioses et philosophiques, qui sont la caractéristique de l'époque, mais auxquelles nos luttes intestines, comme nos guerres incessantes avec l'étranger, ne donnèrent malheureusement pas le temps d'éclore.

II. — Les Sépultures conventuelles.

§ 1er. — *Sépultures de dévotion.*

La sépulture des Martyrs. — Suivant une tradition constante, c'est dans une crypte pratiquée dans une carrière souterraine de Montmartre, au lieu même où saint Denis et ses compagnons passent pour avoir subi le dernier supplice, que les premiers chrétiens de la contrée déposèrent les restes de leurs frères immolés par leurs persécuteurs, et vinrent prier en secret sur les *mémoires* des Martyrs, dont les restes furent exhumés, par la suite, pour prendre place sur les autels (4). D'une destination à la fois sépulcrale et religieuse, la crypte des Martyrs était en quelque sorte, sur des pro-

---

(1) *Rapport sur les sépultures,* par le C$_{en}$ Cambry, Paris, an VII, 1 vol. in-4° avec planches.
(2) Jacques Cambry, antiquaire né à Lorient en 1749, mort en 1807, fut un des fondateurs de l'Académie celtique.
(3) Molinos, architecte, né en 1743, et mort en 1831, était inspecteur des Bâtiments civils de la Seine en l'an VII; il devint membre de l'Institut en 1829.
(4) Dom Marrier, *S. Martini de Campis historia,* Paris, 1637, in-4°, p. 319.

portions infiniment réduites, une réminiscence des majestueuses catacombes de Rome (1). Le sanctuaire érigé au-dessus de cette retraite souterraine devint la chapelle dite *du Martyre*, qui prit tant de vogue au commencement du XVIIe siècle, lorsqu'on découvrit l'ancienne crypte, que le cours des siècles avait peu à peu entraînée dans la ruine et l'oubli.

C'est probablement de cette crypte abandonnée que provenaient les trois châsses de reliques retrouvées par hasard, en 1517, dans une petite voûte établie près du maître-autel de l'église paroissiale de Montmartre, et où se lisait cette inscription : « Cy gisent les corps de plusieurs saints martyrs qui ont souffert en cette montagne. » Ces reliques furent déposées solennellement derrière le maître-autel, et le souvenir de cette translation, qui eut lieu le 15 mars 1517, fut perpétué jusqu'à la Révolution par une fête célébrée tous les ans à pareille date (2).

Le corps de saint Olaf. — Sauval rapporte qu'on disait que dans l'abbaye de Montmartre se trouvait le corps d'Olavus, roi de Noresque (*alias* de Norvège), jadis païen, et depuis converti par Robert, achevêque de Rouen (3). Mais le judicieux abbé Lebeuf révoque en doute cette mention : « Si c'est, dit-il, Olavus roi de Norvège, dont
« il a voulu parler, le temps auquel il vivait convient à la vérité avec
« celui de cet archevêque ; mais comment le reste peut-il être vrai,
« et comment sera venu en France le corps de ce saint roi, mort
« en 1026 ? (4) » Le dire de Sauval peut cependant avoir quelque fondement. On sait qu'Olavus, plus connu sous le nom de saint Olaf, avait été déclaré patron de la Norvège en 1164 ; que son corps, exposé jadis dans la cathédrale de Drontheim, y fut enterré après l'introduction du luthérianisme dans cette contrée (5). Il est donc possible que, à la suite de plusieurs incendies qui endommagèrent la cathédrale, les restes de saint Olaf, qui n'étaient plus l'objet d'aucun culte, furent recueillis par les soins de quelques fervents catholiques et transportés à Montmartre pour leur offrir une sépulture

---

(1) F. de Guilhermy, *Mémoire présenté à l'Académie des inscriptions et belles-lettres*, 1843.
(2) L'abbé Lebeuf, *loc. cit.*, t. III, pp. 104 et 105. — P. Jonquet O. M. I., *Montmartre autrefois et aujourd'hui*, Paris, s. d., in-4°, pp. 76 et 77.
(3) Sauval, t. Ier, p. 356.
(4) L'abbé Lebeuf, *loc. cit.*, t. III, p. 108.
(5) Voir la *Biographie universelle* de Michaud, et la *Nouvelle Biographie générale* de Didot, au mot Olaüs.

plus révérée. Est-ce que les reliques de saint Eric, roi de Suède, qu'on vénérait aussi à Montmartre, ne venaient pas d'aussi loin ? (1) Bien avant Sauval, Gilles Corrozet avait déjà parlé du corps de saint Olaf, « occis pour la foy, comme martyr, par ses propres subgets environ l'an mil XX »; seulement ce doit être par une erreur de mise en page que, dans le livre de cet auteur, on en trouve la mention placée à la suite des épitaphes les plus remarquables de l'abbaye de Saint-Victor, dans l'alinéa qui précède immédiatement celui qui a trait à la fondation du monastère des religieuses de Montmartre (2). Mais, au dire de Du Breul et de Claude Malingre, l'abbaye de Saint-Victor n'aurait réellement possédé qu'un morceau de la chemise de saint Olaf, rapporté de Norvège par Henry, religieux profès de Saint-Victor et archevêque d'Hydrunte (3). Quoi qu'il en soit, hypothèse à part, l'information de Sauval méritait bien une mention pour la curiosité du fait.

§ 2. — *Le cimetière conventuel et les sépultures abbatiales.*

Les religieuses de Montmartre avaient un cimetière particulier, bien distinct de celui de la paroisse. Suivant les usages conventuels, ce cimetière devait être situé dans le jardin de l'ancien cloître. Cependant, d'après l'abbé Lebeuf, le fond de l'église Saint-Pierre servit aussi à l'inhumation des religieuses, ainsi que le côté méridional de cette église, où l'on remarquait des tombes de quelques-unes de ces dames (4).

Suivant le *Gallia christiana* et le *Monasticon benedictinum* de Saint-Germain-des-Prés, plusieurs abbesses furent enterrées devant le maître-autel, notamment : Mathilde de Frenoy, morte en 1280, au mois de janvier; Alips de Don, morte en 1284, le premier jour de Carême; Ade de Minci, morte le jour de Saint-Côme, 1317 (voir le *Cartulaire de Montmartre*, par E. de Barthélemy, pp. 31, 36 et 37). L'abbesse Jeanne Lelièvre, qui ne doit qu'à l'épitaphe de sa tombe de nous être connue, avait été enterrée auprès de sa prédécesserice, Marie Cathin; seulement l'épitaphe, datée de 1541, qui

---

(1) Chéronnet, *Histoire de Montmartre*, p. 212.
(2) Gilles Corrozet, *les Antiquitez de Paris*, 1561, in-12, p. 56.
(3) Du Breul, *le Théâtre des Antiquitez de Paris*, 1612, in-4°, p. 434. — Claude Malingre, *Antiquités de la ville de Paris*, 1640, in-fol., p. 480.
(4) L'abbé Lebeuf, *loc. cit.*, t. III, pp. 116 et 117.

est commune, omet de dire à laquelle des deux cette date se rapporte. On ignore aussi quel fut l'emplacement de cette tombe (*ibid.*, p. 40). L'inhumation qui suivit les deux précédentes eut lieu dans le milieu du Chœur des Dames : c'est celle de l'abbesse Marguerite Havard, de la famille de Senantes, qui mourut le 18 juillet 1552, déjà remplacée depuis quatre ans par Catherine de Clermont dans ses fonctions abbatiales (*ibid.*, p. 32).

C'est sous le dallage du chœur des Dames qu'on donna enfin le plus souvent la sépulture aux abbesses ; leurs tombeaux y restèrent jusqu'en 1793. Avant d'être inhumées dans ce sanctuaire, les abbesses, dès leur mise en cercueil, étaient descendues dans la crypte de la chapelle du Martyre, où elles restaient exposées jusqu'au jour de leurs funérailles (1). Il est bon toutefois de remarquer que, contrairement à la règle, l'abbesse Françoise-Renée de Lorraine (Mme de Guise), morte, le 4 décembre 1682, à l'âge de 62 ans, fut inhumée le lendemain dans la cour du prieuré, dont elle avait commencé la construction en 1681 (2) ; après elle, l'abbesse Marguerite de Rochechouart de Montpipeau, morte le 22 octobre 1727, fut enterrée dans la crypte de la chapelle du Martyre, au lieu aussi de l'être dans le chœur des Dames (3).

En dehors du cimetière conventuel, la chapelle du Martyre servit aussi de lieu de sépulture à quelques laïcs de distinction, soit en qualité de bienfaiteur du monastère, soit à divers autres titres, ainsi que le montrent les quelques épitaphes et mentions que nous rapporterons ci-après.

Cependant l'espace réservé aux sépultures des religieuses n'offrait qu'une surface très limitée, si bien qu'on dut songer à en enlever les ossements desséchés pour faire place à de nouveaux morts. Suivant une pratique rapportée d'Orient et mise en usage dans plusieurs cloîtres de nos contrées, ces ossements furent entassés dans les combles de l'église Saint-Pierre. Albert Lenoir a déclaré avoir retrouvé, il y a environ soixante ans, la trace de ces ossuaires, qu'il appelle *charniers*, je ne sais pour quelle raison (4).

Quoi qu'il en soit, il devait y avoir bien longtemps que l'ancien

---

(1) Chéronnet, *loc. cit*, pp. 46 et 190.
(2) Michel de Trétaigne, *loc. cit.*, p. 136.
(3) Idem, *ibid.*, p. 151.
(4) Albert Lenoir, *Instruction sur l'Architecture monastique en France*, t. II, p. 440.

cloître ne suffisait plus aux inhumations conventuelles, car, à l'époque de la Révolution, le cimetière qui y était affecté se trouvait situé dans un des anciens terrains de culture de l'enclos de l'abbaye. En effet, quelques mois après la déclaration du domaine abbatial comme propriété de la Nation, les religieuses de Montmartre adressaient un mémoire aux commissaires des biens nationaux, les priant de faire maintenir le monastère dans la jouissance du terrain constituant son enclos, que la municipalité de Paris se proposait de vendre, ledit enclos contenant une citerne indispensable à leur existence, et renfermant également leur cimetière. En réponse à ce mémoire, une décision du bureau de liquidation ordonna de surseoir à la vente de ce terrain, qui eût privé les religieuses de leur citerne et les eût obligées à établir leur cimetière dans leur potager. La lettre d'envoi de cette décision au directeur du district porte la date du 30 décembre 1790 (1).

Mais les temps vont bientôt changer. Ces derniers arrangements avec l'administration révolutionnaire ne devaient pas longtemps durer. Le 14 août de l'année suivante, les religieuses de Montmartre furent expulsées de leur couvent. Trois ans après, le monastère et toutes ses dépendances ayant été vendus par portions diverses à des particuliers, on abattit les bâtiments claustraux et la chapelle du Martyre, et l'on détruisit entièrement les tombes des abbesses et celles des religieuses. Le vieux chœur des Dames fut dévasté, utilisé pour le service d'un télégraphe, et, dans les tombes ouvertes, on chercha le plomb des cercueils (2). C'est vers ce temps-là que dut aussi disparaître le fameux tombeau de la reine Alix de Savoie.

§ 3. — *Les derniers débris subsistants des tombes abbatiales.*

Ce qui subsiste aujourd'hui des anciennes tombes abbatiales de Montmartre a été minutieusement décrit et inventorié par F. de

---

(1) A. Tuetey, *Répertoire général des sources manuscrites de l'histoire de Paris pendant la Révolution*, t. III, p. 442. — Quant à la citerne dont il est ici question, c'est probablement celle qui était, suivant Albert Lenoir, située à l'angle que formaient les lieux réguliers avec le parvis de l'église Saint-Pierre. Un aqueduc situé un peu plus à l'est amenait à cette citerne les eaux pluviales, provenant du cloître et des bâtiments y attenant, qu'il avait recueillies. (Albert Lenoir, *Statistique monumentale de Paris*, Paris, 1887, in-4°, p. 45.)

(2) Émile de Labédollière, *le Nouveau Paris*, p. 283, col. 2.

Guilhermy (1). Il cite, pour commencer, un fragment assez important de pierre tombale, retrouvé, il y a quelque quarante ans, servant de margelle à la *fontaine du But,* située autrefois sur le versant septentrional de la colline. Pour l'employer à cette nouvelle destination, il avait fallu en couper tout un côté, ce qui l'a diminuée d'un tiers environ en largeur. Cette dalle porte gravée l'effigie d'une abbesse revêtue du costume de sa dignité et tenant la crosse ; malheureusement son inscription a disparu, et l'on n'y trouve plus d'autres marques spéciales que deux fleurs de lis et le château de Castille également gravés sur le fond, ainsi que les ornements architectoniques qui l'encadrent et qui sont du XIIIe siècle. A notre avis, il paraît difficile d'identifier ce document lapidaire avec l'une des abbesses de Montmartre de ce temps-là. Cette pierre tombale d'abbesse inconnue sert actuellement de table d'autel dans le jardin du Calvaire de l'église Saint-Pierre.

M. de Guilhermy mentionne ensuite trois autres fragments de l'ancien cloître qui se voyaient autrefois dans ce même jardin du Calvaire : ce sont des couvercles de tombeaux du XIIIe siècle, sculptés chacun d'une grande croix fleuronnée, sans aucune trace d'épitaphe. Un de ces débris est classé au musée de Cluny sous le numéro 49.

Sur un des morceaux de tombes qui ont servi à la confection des marches du maître-autel actuel de l'église Saint-Pierre, on remarque encore une portion de vêtement, l'extrémité inférieure du bâton d'une crosse, un médaillon angulaire de la bordure, et ces quelques mots, en lettres gothiques :

.....tique merq seur Athoinette Auger et
les ames au.....

La dalle, dont cette pierre a pu former la sixième partie environ, appartenait à la vingt-neuvième abbesse de Montmartre, Antoinette Auger, qui siégea de 1532 à 1539.

La tombe de la quarante-deuxième abbesse, Catherine de la Rochefoucauld, a partagé le sort de celle d'Antoinette Auger : elle fut sciée en deux morceaux pour former deux autres marches de

---

(1) F. de Guilhermy, *Inscriptions de la France du Ve au XVIIIe siècle,* t. II, pp. 88 à 91.

chaque côté du même autel; il est néanmoins facile d'en rétablir l'épitaphe complète que voici :

> D. O. M.
> ICI REPOSE
> TRÈS-ILLVSTRE DAME
> CATHERINE DE LA
> ROCHEFOUCAVLT
> DE COVSAGES (1)
> ABBESSE DE CETTE
> ABBAYE, DÉCÉDÉE LE
> NEVF SEPTEMBRE 1760
> AGÉE DE... ANS APRÈS
> AVOIR GOVVERNÉ 25
> ANS

Mme de la Rochefoucauld fut la dernière de cette longue dynastie d'abbesses qui reçut la sépulture dans l'abside de l'église haute de Montmartre. L'abbesse qui lui succéda, Louise-Marie de Montmorency-Laval, mourut le 23 juillet 1794, sur l'échafaud révolutionnaire dressé sur la place de la barrière dite de Vincennes (anciennement place du Trône); ses restes furent portés au cimetière de Picpus.

§ 4. — *Tombes abbatiales complètement disparues, dont on a conservé quelques inscriptions.*

Tombe de Catherine de Clermont. — Catherine de Clermont, nommée abbesse de Montmartre par Henri II en 1548, était fille d'Antoine vicomte de Clermont, bailli de Vienne, et d'Anne de Poitiers, sœur de Diane : elle n'entra en possession de sa dignité que le 11 août 1549, et mourut le 11 septembre 1589.

Ainsi que les abbesses qui l'avaient précédée, Catherine de Clermont fut inhumée au milieu du chœur des Dames. Sur la bordure d'encadrement de sa pierre tombale on avait gravé, en manière d'exergue, cette inscription : « *Icy repose Madame Catherine de « Clermont, qui fut abbesse de céans l'espace de quarante ans et « trépassa le XIe septembre 1589, à la mémoire de laquelle et de « ses singulières vertus Madame Claude de Beauvilliers sa niepce,*

---

(1) Les comtes de Cousages formaient une branche de la famille de la Rochefoucault. (P. Anselme, *Hist. générale*, t. IV, p. 442.)

« *abbesse de Pont-aux-Dames, a faict faire cette tumbe. Priez Dieu
« pour son âme.* » Au bas de l'effigie, également gravée, de cette
abbesse, on lisait les quatre vers suivants :

> Voiez, passans, une funèbre chose,
> C'est que la mort a le corps dévêtu
> De cette dame, où demeuroit enclose
> La chasteté, l'honneur et la vertu (1).

Tombe de Marie de Beauvilliers. — Marie de Beauvilliers, sœur de l'abbesse Claudine de Beauvilliers, qui la précéda au siège abbatial de Montmartre, était fille de Claude de Beauvilliers, comte de Saint-Aignan, et de Marie Babou de la Bourdaisière, et petite-nièce de l'abbesse Catherine de Clermont; elle était aussi cousine de Gabrielle d'Estrées. Elle mourut le 21 avril 1657. Sur sa tombe, placée aussi dans l'antique chapelle du monastère, devant la grille du chœur (2), on lisait cette épitaphe, qui est un simple mais éloquent résumé de sa vie :

> A LA BÉNITE MÉMOIRE
> DE LA TRÈS-RELIGIEUSE DAME
> MARIE DE BEAVVILLIERS
> DE SAINT-AIGNAN

ELLE fut élevée dès l'âge de sept ans dans l'abbaye du Perray, à dix le Roy Henri III luy en donna la provision. A seze, elle fit Profession dans l'Abbaye de Beaumont-lez-Tours. A vingt-deus, Henri IV la pourveut de celle de Mont-Martre, laquelle elle a sagement et saintement gouvernée jusqu'à l'âge de LXXXIV ans, que DIEV a couronné sa vieillesse et ses mérites.

CETTE Sainte Montagne luy doit l'accroissement de sa gloire : Ce Royal Monástère, sa Réforme ; qui étant la première en France, a servi de modèle à toutes les Religieuses bénédictines. Le Convant des Martyrs, sa structure : les Filles Pénitantes, leur rétablissemant : Paris, le renouvellemant de sa dévotion pour son premier Apôtre S. Denys et ses illustres Compagnons : devs-cent-vingt-sept Filles, le voilé de la Profession Monastique, qu'elle leur a donné : le Monastère de la Ville-l'Évêque, son institution : le Val-de-Grace, les premières ferveurs de la B. M. Marguerite d'Arbouse ; plusieurs autres Maisons de l'Ordre, leur instruction, par l'envoy qu'elle y a fait de ses Religieuses de Mont-Martre.

SON humilité méprisant toutes les vanitez du Monde, la ferveur de ses dévotions, l'amour de la pauvreté et de la pureté en son plus haut lustre, le zèle de la gloire de DIEV, du bien de l'Église, et du salut des Ames : son ardeur pour la Réforme de tous les Ordres Réguliers : l'estime qu'ont fait de son esprit et de sa

---

(1) Chéronnet, *loc. cit.*, p. 118. — Alb. Lenoir, *Statistique monumentale de Paris*, p. 40, pl. VI.
(2) Michel de Trétaigne, *loc. cit.*, p. 242.

vertu, les plus grands Personnages de son siècle ; nous font conserver la mémoire d'une si digne Abbesse en odeur de benediction. Et les genereus sentimans de très-illustre et Religieuse Princesse Françoise-Renée DE LORRAINE, qui d'Abbesse de S. Pierre de Rheims a bien voulu être sa Coadjutrice l'espace de quatorze ans ; luy a fait dresser ce monumant pour marque de sa piété, l'édification de la postérité et la consolation de ses Filles.

Requiescat in pace

A Ω (1).

§ 5. — *Tombeau de la reine Alix de Savoie.*

La reine Alix (ou Adélaïde) (2), épouse de Louis VI le Gros et veuve en secondes noces de Mathieu 1er de Montmorency, connétable de France, voulant terminer pieusement sa vie, avait pris le voile dans l'abbaye de Montmartre, à la fondation de laquelle elle avait pris la plus grande part, et où elle mourut en 1154, un an environ après sa retraite. Cette princesse, devenue bénédictine, fut enterrée devant le grand autel de l'église paroissiale ; elle avait elle-même désigné la place où elle désirait reposer (3). Son fils, Louis le Jeune, à son retour de son voyage de Saint-Jacques, vint visiter la sépulture de sa mère, et confirma les donations qu'elle avait faites.

Piganiol de La Force répète, d'après Sauval, que ce tombeau n'avait rien de remarquable, sinon que, à la couronne royale de l'effigie, il n'y avait que quatre fleurons, conformément à l'usage de ce temps-là (4). C'était cependant, parmi les sépultures de l'abbaye, la plus considérable.

Le tombeau de la reine Alix fut changé plusieurs fois de place. Le premier déplacement, que nous en connaissions, date du XVIe siècle ; il nous est signalé par Gilles Corrozet, qui parle de ce monument en ces termes : « Alix, femme du Roy Loys le Gros, « fonda le monastère des religieuses de Montmartre, où elle gist « sous un tombeau de pierre, sur lequel est son effigie engravée « qui apparoît bien antique, et de nostre temps a esté transporté

---

(1) R. P. Léon, *la France convertie*, Paris, 1661, in-12, pp. 55, 56 et 57.
(2) Aalis en latin ; selon les anciens titres, Adélaïs (Du Breul, *loc. cit.*, p. 1153).
(3) Malingre, *loc. cit.*, p. 46. — L'abbé Lebeuf, t. III, pp. 107 et 108. — *Gallia christiana*, t. VII, col. 614.
(4) Piganiol, *Description hist. de la Ville de Paris*, édition de 1745, t. III, p. 169. — Sauval, t. Ier, p. 356.

« le dit monument à costé du grand autel vers septentrion (1). »

En 1643, Marie de Beauvilliers, abbesse de Montmartre, fit déplacer de nouveau ce tombeau et le fit transporter dans le chœur des religieuses (2); le R. P. Léon en marque le lieu par l'épitaphe suivante :

« *Icy fut enterrée la bonne Reine Alix, Epouze du Roy Louys*
« *le Gros, Fondatrice de ce Monastère, où elle prit l'habit de*
« *S. Benoît, vécut et mourut en odeur de bénédiction* (3). »

Quelques années plus tard, l'abbesse Françoise-Renée de Lorraine, désirant faire revivre parmi les religieuses de son abbaye la mémoire de leur fondatrice, ordonna la restauration de ce tombeau, sur lequel on grava une épitaphe nouvelle, composée d'une inscription en prose française suivie de douze vers écrits en caractères gothiques, et dont voici la reproduction textuelle :

ICI EST LE TOMBEAV DE TRÈS ILLVSTRE ET TRÈS
PIEVSE PRINCESSE
MADAME ALIX DE SAVOYE, REINE
DE FRANCE,
FEMME DV ROY LOVIS VI DV NOM, SVR-
NOMMÉ LE GROS,
MÈRE DV ROY LOVIS VII, DIT LE JEUNE,
ET DE GISLE DE BOURGOGNE, SŒUR DV PAPE
CALIXTE II.

Ci gist Madame Alix, qui de France fut Reine,
Femme du Roi Louis sixième dit le Gros,
Son âme vit au ciel, et son corps en repos
Attend dans ce tombeau la gloire souveraine.
Sa beauté, ses vertus la rendirent aimable
Au prince son époux, comme à tous ses sujets ;
Mais Montmartre fut l'un de ses plus doux objets,
Pour y vivre, et trouver une mort délectable,
Un exemple si grand, ô passant ! te convie,
D'imiter le mépris qu'elle fit des grandeurs ;
Comme elle sèvre-toi des plaisirs de la vie,
Si tu veux des Elus posséder les splendeurs (4).

Lorsque les religieuses quittèrent l'ancien monastère, en 1681, pour venir habiter les bâtiments réguliers que la générosité de Louis XIV leur avait fait élever auprès du prieuré des Martyrs, cette

---

(1) Gilles Corrozet, *loc. cit.*, p. 56.
(2) Piganiol, *loc. cit.*, t. III, p. 169.
(3) R. P. Léon, *loc. cit.*, p. 51.
(4) Piganiol de La Force, *loc. cit.*, t. III, pp. 169 et 170.

tombe fut alors transportée dans l'église de la nouvelle abbaye, où, en 1789, on la voyait encore avec les inscriptions ci-dessus (1). Depuis la Révolution, il n'en est plus resté aucune trace.

§ 6. — Tombe de Marguerite de Minci.

Marguerite de Minci, qui fut trois fois veuve, reçut l'habit de religieuse en mourant (voir E. de Barthélemy, *loc. cit.*, p. 37) ; elle était sœur d'Ade de Minci, qui fut abbesse de Montmartre depuis l'an 1300 jusqu'à sa mort, arrivée en 1317. La tombe de Marguerite de Minci a été mentionnée et dessinée par Albert Lenoir, dans sa *Statistique monumentale de Paris* (p. 40, pl. VI). Sur la bordure qui encadre l'effigie gravée de cette personne, on lit l'inscription suivante, en lettres onciales :

« *Ici gist Madame Marguerite de Minci qui fu nonnain de cians
« à la mort et fu iadis fame de Gile de Morgaru et trepassa l'an
« 1309 au mois de février veille S. Mathias.* »

§ 7. — Épitaphes de M. et Mme de Frêne.

Pierre Forget, seigneur de Frêne et secrétaire d'État du roi Henri IV, avait épousé Anne de Beauvilliers, fille aînée de Claude de Beauvilliers, comte de Saint-Aignan, et sœur de l'abbesse Marie de Beauvilliers. Grâce à leur influence toute-puissante, aussi bien qu'à leurs libéralités, M. et Mme de Frêne peuvent être regardés comme les fondateurs du prieuré du Martyre. M. de Frêne mourut en 1610, et sa femme en 1636 ; suivant leur prière, ils furent l'un et l'autre enterrés dans le prieuré. On lisait sur leurs tombes les épitaphes suivantes :

SISTE SPECTATOR

ET pium in hoc Tumulo agnosce fœdus gemini
cordis. Vnum est nobilissime Viri Petri FORGET
D. DE FRÊNE, Regi et Regno a Secretis ; qui dum
vixit, pietate sua DEO Maximo, fidelitate
Henrico Magno, fortitudine universo Regno
servivit, et DEO vivere cœpit, an. sal. M. DC. X.
ætatis suæ LXVI.

---

(1) L'abbé Lebeuf, t. III, p. 108. — Michel de Trétaigne, *loc. cit.*, pp. 47 et 48.

ALTERVM Illustrissimæ Dominæ Annæ DE
BEAUVILLIERS conjugis suæ pari virtute et
nobilitate insignis ; quæ vivendo pietatem sic
coluit ut DEO grata, omnibus chara, pauperibus
benefica, et in sanctas Moniales quas in hoc loco
pro suo in sanctum Dionysium et Martyres cultu,
amplissima fundatione dotavit liberalis, cùm
vivere desiit, mercedem recepit, anno Domini
M. DC. XXXVI. ætatis suæ LXX. Amhorum corda
sub uno jacent lapide, ut quos amor conjugalis
sociavit, fatum non separet, et utrumque DEO
Viotor commendet (1).

§ 8. — *Sépultures de La Mole et de Coconas.*

De mystérieuses funérailles s'accomplirent à Montmartre le 1er mai 1574. La veille, pour avoir ourdi un complot, dans le but d'évincer du trône le roi de Pologne Henri III, après la mort de Charles IX, et le remplacer par le duc d'Alençon, La Mole et Coconas avaient été décapités et mis en quartiers sur la place de Grève. Marguerite de Valois et la duchesse de Nevers vinrent recueillir leurs restes sanglants et mutilés, et les emportèrent dans leurs carrosses, pour les ensevelir de leurs propres mains sous les dalles de la chapelle du Martyre. On a dit aussi que ces « deux belles et honnestes dames », qui avaient été leurs maîtresses, firent embaumer leurs têtes, pour les conserver toujours (2).

La faiblesse que montra La Mole pendant le procès de cette malheureuse affaire et jusqu'à ses derniers moments, provoqua le badinage satirique des adversaires de son parti. On lui fit deux épitaphes, qui bien certainement ne furent point gravées sur sa tombe, mais que nous croyons devoir rappeler. La première, qui est en français, est restée anonyme :

> Les plus heureux portoient envie
> Aux félicités de ma vie ;

---

(1) R. P. Léon, *loc. cit.*, pp. 63 et 64. — Voir *les Devoirs funèbres rendus à la mémoire de defuncte Madame de Fresne en l'Église de Montmartre par un Religieux du grand Couvent des Pères Cordeliers de Paris.* Paris, Piot, 1637, petit in-4° de 56 pages.

(2) L'Etoile, *Journal du règne de Henri III* (juin 1574). — Voir les *Mémoires du duc de Nevers* par Gomberville, t. Ier, p. 75. — Brantôme, *les Dames galantes*, discours Ier, — *Le Divorce satyrique.* — Sauval, t. Ier, p. 353. — Etc., etc.

> Mais maintenant que je suis mort,
> Oh ! que fortune est variable !
> Il n'y a nul si misérable
> Qui voulust envier mon sort (1).

L'autre épitaphe est en latin ; le très docte Estienne Pasquier avoue, dans une de ses lettres, l'avoir composée ; c'est une équivoque à répétition, un peu longue, sur le nom de La Mole, pour faire allusion à la mollesse de son caractère efféminé :

> Vos ego Veneres, Cupidinesque,
> Vos ego Charites venustiores
> Et quidquid tegit ampla Regis aula,
> Melliti, lepidi atque mollicelli,
> Vos imploro ego, flete mollicellum ;
> Perriit mollicellus Molœus ille,
> Qui vos toto animo peribat olim,
> Quem vos toto animo magis periistis,
> Periit molliculus Molœus ille,
> Qui si mollitiem suam secutus
> Nullam malitiam novam parasset,
> Noc nihil gratius elegant iusque.
> Verum dum malè miles excitatus
> Classicum Patriæ sonat mollestus,
> Anceps mobilis, anne mollis esset,
> Moliturque suis miser ruinam,
> Mollis mole sua miser perivit.
> Vos tamen Veneres, Cupidinesque,
> Vos tamen Charites venustiores,
> Et quidquid tegit ampla Regis aula,
> Melliti, lepidi, at que mollicelli,
> Mellitum, lepidum, atque mollicellum
> Flete molliter, ut misellus hic qui
> Vobis vivere molliter solebat,
> Mortuus si bi molliter quiescat (2).

L'attitude plus courageuse de Coconas imposa cependant plus de respect aux rieurs, et, sur sa tombe préservée des sarcasmes, on eût pu graver l'amère réponse qu'il fit à ses juges : « *Les petits sont pris et les grands demeurent qui ont fait la faute.* »

---

(1) *Mémoires* de Castelnau, avec les *additions* de Le Laboureur ; Bruxelles, 1731, 3 vol. in-fol, t. II, pp. 417 et 418.
(2) *Œuvres* d'Estienne Pasquier ; Amsterdam, 1723, 2 vol. in-fol, t. II, p. 559.

§ 9. — Sépultures d'Antoine Boësset et de Jacques Bertot.

Le 10 décembre 1643, Antoine Boësset, sieur de Villedieu, « le « génie de la musique douce, dit Sauval, et si estimé de Louis XIII, « qu'il le fit intendant de sa chambre et de celle de la Reine, a été « aussi enterré dans la chapelle du Martyre au grand regret des « religieuses, à qui il avoit appris à chanter et qui arrosèrent son « tombeau de leurs larmes (1) ». Boësset jouit d'une grande réputation en France, à cause de ses *airs de cour* et de ses ballets. Né vers 1585, il mourut le 9 décembre 1643. D'après le registre mortuaire de Saint-Eustache, il eut un convoi de cinquante prêtres. A l'époque de sa mort, Boësset habitait rue Vivien (Vivienne) (2).

Pour terminer cette notice sur les anciennes sépultures de Montmartre, je crois devoir encore mentionner Jacques Bertot de Caen, confesseur du couvent, qui y fit, en 1662, pour Madame de Guise, abbesse, et pour mademoiselle sa sœur, un livre *des Retraites*. « Cet ecclésiastique, dit l'abbé Lebeuf, décéda à Montmartre le 27 avril ... (?), et y fut inhumé (3) », probablement dans la chapelle du Martyre. Ce personnage est indiqué par Saint-Simon, dans ses *Mémoires*, comme ayant tenu à Montmartre des conférences, où plus d'une grande dame de ce temps fut instruite dans sa jeunesse et préparée aux doctrines quiétistes de Mme Guyon et de Fénelon (4).

Charles Sellier.

---

(1) Sauval, t. Ier, p. 353.
(2) A. Jal, *Dictionnaire critique de biographie et d'histoire*.
(3) L'abbé Lebeuf, *loc. cit.*, t. III, p. 118.
(4) Saint-Simon, *Mémoires*, édition Paris, Hachette et Cie, 1873, in-12, t. VIII, p. 425.

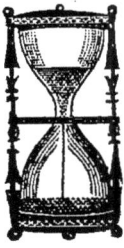

LE
CIMETIÈRE DE MONTMARTRE
DEPUIS LA RÉVOLUTION (1)

Le cimetière de Montmartre, si l'on en croit l'historien local Michel de Trétaigne, aurait été ouvert aux inhumations dès 1797. Moins affirmatif, le maire Faveret, dans une lettre adressée au sous-préfet de Saint-Denis le 13 octobre 1817 (1), constate que, depuis l'an XII et même avant, « deux ou trois familles jouissent d'une place qui leur a été réservée jusqu'à présent ».

L'ornementation de ces deux ou trois tombes n'était pas brillante, témoin la description qu'en donne le maire : « Une est couverte d'une pierre ornée, sous laquelle on a construit un caveau ; les deux autres consistent en une portion de terre qui extérieurement est entourée d'un treillage en fer avec des barres d'appui dans les proportions de sept à huit pieds sur quatre ou cinq. »

Il est d'ailleurs difficile de dire quel était le mode d'administration de ce cimetière, qui accordait les concessions et qui en touchait le montant, et les gens du commencement du siècle ne paraissent guère, à cet égard, avoir été mieux renseignés que nous, si l'on en juge par la lettre que Faveret adressait au sous-préfet de l'arrondissement de Saint-Denis, le 1er février 1819:

« D'après votre lettre du 14 du mois dernier, j'ai cherché, mais en vain, à connoitre à qui avoient être faites des concessions de terrain dans le cimetière de cette commune; il n'y a à ce sujet aucun document dans les registres de la municipalité; il paroit constant que depuis très longtemps Mrs les Curés étoient dans

---

(1) Tous les documents cités dans cette notice sont empruntés aux Archives de Montmartre, conservées aux Archives de la Seine, série M₂ (Cimetières et Eglises), carton 1.

l'usage de receuoir une somme quelconque sous titre de don pour les pauvres, au moyen de laquelle la famille obtenoit pour le défunt une place particulière, mais rien ne constate que la commune ait jamais pris part à ces arrangemens, qui ont toujours été faits sans aucune fondation constituée par un titre.

« Je dois vous faire remarquer que, dans le cimetière de cette commune, il n'existe aucun caveau de famille, mais seulement des tombes sous lesquelles ont été placés des corps appartenant à des familles de distinction ; ces inhumations sont respectées et n'ont point été renouvellées. La famille de M^r le duc de Fitze James est seule qui fasse exception en ce que l'an dernier elle a fait construire un caveau particulier, dans lequel elle se propose de faire déposer les restes de ses ancêtres qui se trouvent dans le cimetière de cette commune. Lorsque cette opération sera terminée, j'interviendrai pour l'exécution de la loi du 23 prairial an 12 ; ainsi donc il paraît constant qu'avant ce décret, M^{rs} les Curés de Montmartre traitoient seuls avec les familles qui désiroient avoir des places particulières, et la commune n'avoit aucune part dans les arrangemens, la notoriété indique même que Mr Gaudin, ancien maire, s'étoit en plusieurs occasions arrogé ce droit et qu'il en étoit résulté quelques querelles entre lui et le desservant qui existoit à cette époque. Depuis, Mr Finot, mon prédécesseur, ne s'est point occupé de cet objet et M^r le Curé actuel a été dans le cas de donner trois ou quatre places particulières, pour lesquelles les familles ont sûrement fait don d'une somme quelconque pour le soulagement des pauvres.

« Dans cet état de chose et en raison du peu d'étendue du cimetière de Montmartre, je ne vois qu'un moyen pour rétablir l'ordre : ce sera de renouveller toutes les places particulières anciennement accordées à des familles qui n'ont plus de descendants connus et demander à celles qui en ont encore le titre en vertu duquel elles peuvent en demander la conservation. »

Les propositions de Faveret furent adoptées, mais longtemps après que leur auteur les avait faites, car c'est seulement aux envions de 1830, quand le cimetière était déjà fermé officiellement, qu'on voit les représentants des nobles familles dont les aïeux étaient enterrés dans le petit cimetière du Calvaire, payer à la commune un droit de concession de 50 francs par mètre, plus un don pour les pauvres, égal en général au quart du prix de la concession.

Jusqu'en 1823 on enterra dans le petit enclos du Calvaire : à ce moment, il se trouva plein, et l'on dut chercher à se pourvoir ailleurs ; le 29 janvier, Faveret écrivait au sous-préfet :

« La commune de Montmartre a jusqu'à présent conservé son ancien cimetière, placé à côté de l'Eglise, parce que, n'ayant aucun revenu, elle était dans l'impuissance d'acquérir un terrain convenable, de le faire clore de murs, ce qui eut occasionné une dépense considérable à cause du prix exorbitant des terres sous lesquelles se trouve la masse de pierre à exploiter. La différence est telle qu'un demi arpent dans la plaine, dont le prix peut être de 1,500 francs environ, aura une valeur de douze à quinze mille francs sur la butte. Pour éviter cette dépense, la commune se trouverait donc forcée d'établir son cimetière à une très grande distance : mais il y auroit un inconvénient non moins grave, celui de ne pouvoir y arriver à défaut de route ou de chemin vicinal praticable pendant huit mois de l'année. Vous savez, Monsieur, que ce n'est que depuis le premier mai dernier que la commune jouit d'un droit d'octroi qui lui a été accordé pour la mettre à portée de pourvoir à ses dépenses annuelles, mais cet octroi, qui est d'un produit de 7,000 francs environ, est insuffisant pour des restaurations et établissements indispensables qui nécessitent une dépense qui ne peut être moindre de cent mille francs, ce qui sera démontré par les plans, devis et rapports que doit fournir Mr Molinos, architecte chargé par M^r le Préfet de la reconnaissance de tous les travaux nécessaires dans l'arrondissement.

« Dans l'état actuel des choses et avant que la commune ait pu établir un lieu de repos dans un emplacement quelconque, les sépultures ne peuvent être ajournées ; je suis donc dans la nécessité de vous faire connaître qu'il n'est plus possible d'ouvrir de nouvelles fosses dans l'ancien cimetière de la commune sans les plus graves inconvénients ; pour y obvier momentanément, il serait nécessaire d'obtenir de Monsieur le Préfet de la Seine l'autorisation de faire transporter les corps des décédés dans le cimetière de Paris sous Montmartre : son étendue peut permettre cette facilité. »

Le 11 mars 1823, conformément aux désirs exprimés dans cette lettre, le comte de Chabrol prenait un arrêté fermant le cimetière du Calvaire et autorisant les inhumations des décédés montmartrois dans le cimetière parisien de Montmartre, exception faite des inhumations dans des concessions qui ne pouvaient avoir lieu qu'au cimetière de l'Est.

On pourrait croire que là s'arrête l'histoire de notre petit cimetière; il n'en est rien. Au mois de mars 1828, on y déposait le corps de Mme Picard, femme d'un des adjoints de la commune, et, en 1830, on en autorisa en quelque sorte la réouverture, le maire ayant exposé que l'on pourrait peut-être accorder aux familles « différens emplacemens qui ne sont point saturés dans l'ancien cimetière de Montmartre. » Chabrol répondit, le 16 février 1830 : « Je pense qu'il y a lieu que Mr le Maire statue provisoirement sur ces demandes conformément à l'arrêté réglementaire du 10 juin 1808. »

En vertu de cette autorisation, quelques concessions nouvelles furent accordées dans le cimetière du Calvaire au cours des années 1830 et 1831 principalement pour les inhumations de Mme Leblanc, de Pierre Lécuyer, membre du conseil municipal de Montmartre, et de Mme veuve Guibout.

Au même moment on inaugurait le nouveau cimetière Saint-Vincent.

Lucien Lazard.

ÉPITAPHIER

DU

CIMETIÈRE DU CALVAIRE

(Ancien cimetière paroissial de Montmartre)

Par Henri COMPAN [1]

INTRODUCTION [2]

Les inscriptions que nous présentons à nos lecteurs ont été relevées par nous-même, il y a quelques années.

En faisant, récemment, une nouvelle visite au cimetière du Calvaire, nous avons constaté avec regret qu'à part quelques tombes entretenues avec soin, beaucoup d'autres, et des plus anciennes, avaient déjà disparu ou que leurs inscriptions étaient entièrement effacées.

Nous avons pensé qu'il fallait conserver la trace de ces pieux souvenirs, lesquels, détériorés par le temps, de jour en jour, seront bientôt détruits.

Les plus anciennes inscriptions datent de 1801 ; elles sont au nombre de deux, encore l'une, tronquée presque entièrement, n'existe que sur un débris de pierre tombale, reléguée en un coin du

---

[1] Les épitaphes relevées par nous l'ont été scrupuleusement, dans leur forme absolument exacte, dans leur ornementation, dans *leurs fautes d'orthographe et de rédaction* ainsi que dans la valeur de leurs lettres.

[2] Les inscriptions funéraires étant effacées, pour le plus grand nombre, aujourd'hui, nous avons voulu faciliter les recherches des curieux et permettre aux visiteurs du cimetière Saint-Pierre de trouver aisément les tombes dont nous reproduisons les épitaphes. A cet effet, nous avons inséré, en tête de chaque sépulture, le numéro d'ordre de sa place, tel qu'on le voit sur le plan annexé à ce fascicule. Le lecteur, en se reportant à ce plan, pourra, par la comparaison des numéros d'ordre, trouver immédiatement la tombe cherchée,

cimetière. Cependant, d'après un petit registre d'inhumations, conservé à la sacristie de la paroisse, et que M. l'abbé Fleuret, ancien curé de Montmartre, a bien voulu nous montrer, il semblerait que le cimetière eût été réouvert en même temps que ce registre, c'est-à-dire en novembre 1802. Parmi les noms des décédés, inscrits sur ce registre, comme ayant été « inhumés dans le cimetière de l'église de Saint-Pierre de Montmartre », nous avons remarqué quelques-uns d'assez haute marque, dont les sépultures ne sont plus en ce lieu, soit qu'elles aient été détruites, soit qu'elles aient été transportées en un autre cimetière. Ces noms sont ceux de :

Mlle Amélie MICAULT DE LAVIEUVILLE, fille de M. Mathurin MICAULT DE LAVIEUVILLE, décédée le 7 décembre 1802.

Puis, pour l'année 1803, Mme de COMBAULT de VILLEROY, Mme de TRÉMOUILLES, Mme de BERNES, Mme de BOUILLÉ, M. de GRIMALDY, M. PECQUEUR, prêtre de Saint-Louis-d'Antin, Mme la baronne de TYFFE et M. de FÉNELON.

Pour 1804, M. d'AZARA, brigadier des armées navales d'Espagne (son corps a été, depuis, transporté en Espagne), M. et Mme de BOUILLON (Jacques-Léopold-Godefroy de la Tour d'Auvergne et Marie Hedwidge de Hesse), etc., etc., etc.

Disparue aussi, la tombe du duc Louis-Paul de BRANCAS-CÉRESTE, décédé le 4 juin 1802, et que mentionne le *Pèlerinage de Montmartre*, publié par Pinard, en 1868 (pièce de 15 pages in-32).

Chéronnet rapporte, dans son *Histoire de Montmartre* (p. 202), que M. Caires de Blazer, curé de Montmartre, après les combats des 29 et 30 mars 1814, livrés au pied de la butte, fit, conjointement avec les autorités militaires et municipales, relever plus de mille morts sur le champ de bataille, qu'il les fit enterrer avec décence dans l'ancien cimetière contigu à l'église ; qu'il fit pour eux les prières et versa l'eau sainte sur leur tombe.

Que sont devenus les restes de ces braves ?

. . . .

Les morts vont vite, mais le temps en chasse encore plus vite la poussière. Hâtons-nous d'en saisir la trace et d'en fixer à jamais le souvenir !

H. COMPAN.

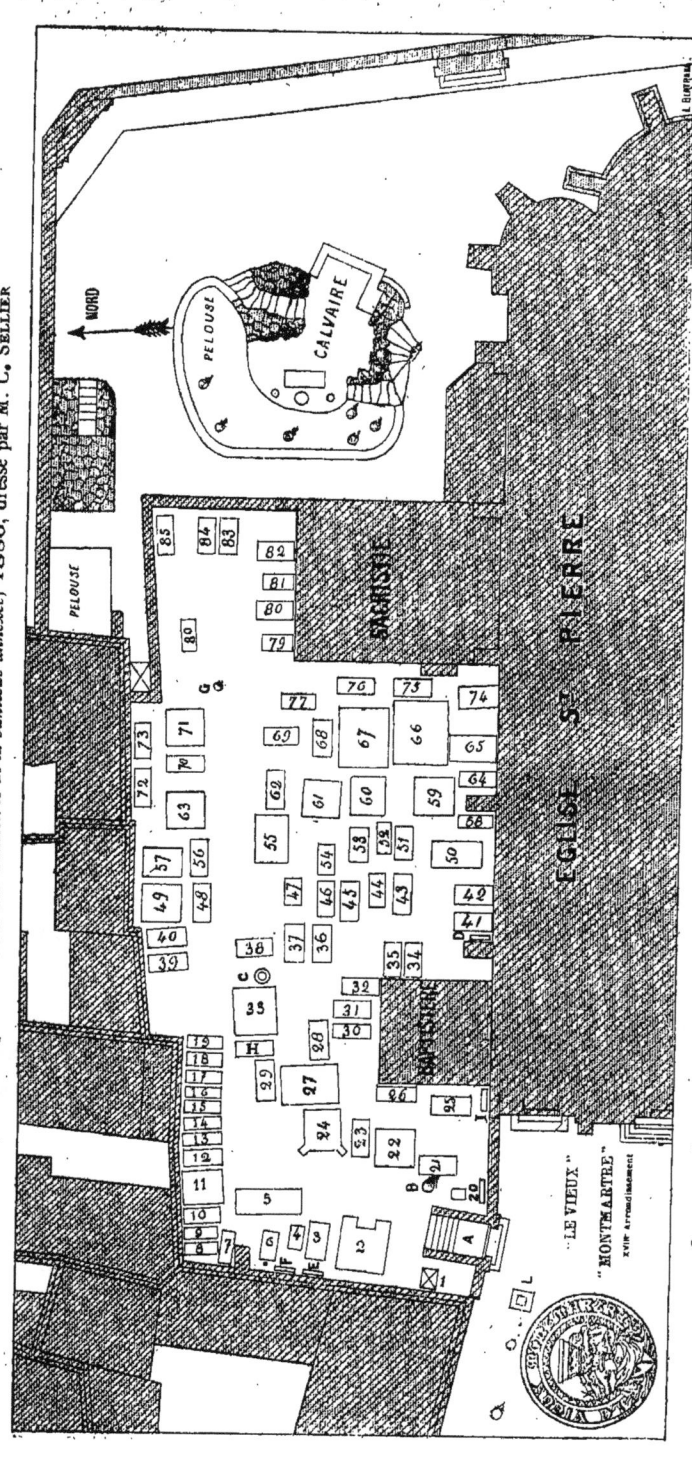

(Tombe n° 61)

FAMILLE LECUYER

(sans épitaphe)

(Tombe n° 67)

SÉPULTURE DE LA FAMILLE
DE FITZ-JAMES

(sans épitaphe)

(Tombe n° 76)

ICI REPOSE

ANNE LOUIS PINON
DE S^T GEORGES

NÉ LE 22 AVRIL
1720
ET MORT 27 DÉCEMBRE
1806

IL MARCHA DEVANT LE SEIGNEUR
ET MOURUT
DANS UNE HEUREUSE VIEILLESSE
PLEIN DE JOURS
ET DE BONNES ŒUVRES

(*Tombe n° 77*)

Cette tombe n'est plus représentée que par une pierre presque entièrement enfouie en terre.

(*Tombe n° 78*)

CI-GIT
MARGUERITE PERRIER
FEMME VARNET
DÉCÉDÉE LE 24 9ᴮᴿᴱ 1818
AGÉE DE 40 ANS
... MÈRE BONNE ÉPOUSE
... SŒUR BONNE AMIE
... LES REGRETS ÉTERNELS

(*Tombe n° 79*)

A LA MÉMOIRE DE PIERRE BONNIE
DÉCÉDÉ LE 6 JUIN 1840 A L'AGE DE 80 ANS
CHEVALIER DES ORDRES ROYAUX
DE Sᵀ MICHEL ET DE LA LÉGION D'HONNEUR
ET PREMIER CHIRURGIEN DE
SON ALTESSE ROYALE LE DUC DE BOURBON PRINCE DE CONDÉ
IL TERMINA HONORABLEMENT SA CARRIÈRE
COMME IL L'AVAIT PARCOURUE ET IL EMPORTA
AVEC LUI LES REGRETS DE SON FILS
DE SES PARENS ET DE NOMBREUX AMIS

(*Tombe n° 81*)

ICI...
CLÉMENT...
NÉE LE 2 7ᴮᴿᴱ 1815
DÉCÉDÉE LE 14 JANVIER 1819
ELLE ÉTOIT FILLE BIEN AIMÉE
DE PIERRE MARIE ALEXIS MACHET
ET DE ANNE SUZANNE BUCQUET
SON ÉPOUSE

(*Tombe n° 82*)

CI-GÎT
MARIE ANGÉLIQUE D'AGUERRE
NÉE A BAYONNE LE 11 NOVEMBRE 1769
ÉPOUSE DE MONSIEUR LE VICOMTE
DE LA BORDE LESGO,
LIEUTENANT GÉNÉRAL DES ARMÉES DU ROI.
APRÈS TROIS ANS ET DEUX MOIS
DE PRIÈRES ET DE LARMES
DIEU A EXAUCÉ LES VŒUX
DE CETTE MALHEUREUSE MÈRE
DÉCÉDÉE LE VENDREDI 7 DÉCEMBRE 1821
ET SON ÉPOUX DÉSOLÉ
L'A FAIT DÉPOSER DANS LA MÊME TOMBE
QUE LEUR FILLE CHÉRIE

DE PROFUNDIS

(*Tombe n° 83*)

ICI REPOSENT
FRANCOIS LOUIS BERTHIER DE VIVIERS
ANCIEN CAPITAINE AU RÉGIMENT DE PICARDIE
CHEVALIER DE SAINT LOUIS
DÉCÉDÉ A MELUN LE 1ER SEPTEMBRE 1816
A L'AGE DE 64 ANS
ET
HENRIETTE FELIX MALLET DE TERNANTES
DÉCÉDÉE A PARIS LE 31 XBRE 1822
A L'AGE DE 60 ANS
RÉINHUMÉS LE 25 AVRIL 1835
AUPRÈS DE LEUR FILS
BERNARD JULES BERTHIER DE VIVIERS
CHEVALIER DE LA LÉGION D'HONNEUR

DÉCÉDÉ A MONTMARTRE LE 1ER MAI 1821
A L'AGE DE 35 ANS
PRIEZ DIEU POUR EUX

(*Tombe n° 84*)

CI-GIT
VINCENT POMMIER
DÉCÉDÉ LE 5 MARS 1824
AGÉ DE 64 ANS

(*Tombe n° 85*)

CI-GIT
DAME PERGON
NÉE Fse DUCHESNE
DÉCÉDÉE LE 13 FER 1822
AGÉE DE 38 ANS

(*Tombe n° 80*)

ICI REPOSE
PIERRE MELCHIOR BERNIER
PLATRIER A CLIANCOUR
NÉ A VILLEJUIF DÉPARTEMENT DE LA SEINE
LE 26 AOUT 1766
DÉCÉDÉ LE 26 OCTOBRE 1812
DE PROFUNDIS

(*Tombe n° 72*)

ICI REPOSE
Mon MARIE CATHERINE
... ANNETTE
....
....

(*Tombe n° 73*)

CI-GIT
CHARLES
....
....

(*Tombe n° 58*)

Henriette DE VESC
NÉE LE 6 JUIN 1800
DÉCÉDÉE LE 19 JANVIER 1803

ELLE ÉTOIT TROP AIMABLE
ET TROP CHÉRIE POUR ÊTRE OUBLIÉE
L'ESPOIR DE LA RETROUVER UN JOUR
EST L'UNIQUE CONSOLATION ET LE
SEUL DÉSIR DE SES TENDRES MÈRES

Henry DE VESC
NÉ LE 12 JUILLET 1776
DÉCÉDÉ LE 23 MAI 1809
ÉLEVÉ A SON ÉPOUX BIEN AIMÉ
PAR SA COMPAGNE INFORTUNÉE
PRIEZ POUR LUI
PRIEZ POUR ELLE
QU'ELLE SOIT RÉUNIE
A CE QU'ELLE AVAIT DE PLUS CHER
DANS CE MONDE

Vue du Cimetière (partie ouest), prise de la tombe n° 59 (Mme Marie-Françoise Lesecq)
Photog. par V. Galliot. *Reproduction* par L.-A. Bertrand

(*Tombe n° 59*)

Marie Françoise LESECQ	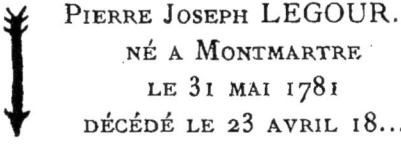	Pierre Joseph LEGOUR...
née a Argenteuil		né a Montmartre
le 7 mai.1787		le 31 mai 1781
décédée le 7 X^{bre} 1846		décédé le 23 avril 18...

Geneviève Jacqueline LEGOUR...
Née a Montmartre le 13 mars...
décédée le 6 7bre 1823
PRIEZ POUR EUX

(*Tombe n° 74*)

ICI REPOSE
Anne GRANRY décédée
a Clignancourt le 26 mai
1806
un seul trait de sa vie
suffiroit pour l'immortaliser

(*Tombe n° 64*)

ICI REPOSE
Dame Marie Catherine Esther
DASSY
Ve de Philippe FABRE
de CHARRIN
enlevée a sa famille
et a ses amis
le 23 juin 1806
agée de 43 ans
excellente mère

BONNE ET BIEN SURE AMIE
ELLE FUT GÉNÉRALEMENT REGRETÉE
ET EN TÉMOIGNAGE DE LEUR DOULEUR
SES ENFANS POSÈRENT SUR SA TOMBE
CE SIMPLE MONUMENT

(Tombe n° 65)

(Ancienne inscription, disparue)

ICI REPOSE
LE CORPS DE MADAME MARIE,
JOSÉPHINE, FLORE DE MONTENDRE
ÉPOUSE DE MONSIEUR DE BOUGAINVILLE
ANCIEN CHEF D'ESCADRE ET SÉNATEUR
NÉE A BREST, AGÉE DE QUARANTE SEPT *(sic)*
ANS, MORTE A PARIS LE SEPT AOUT
1806
DE PROFUNDIS
concession à perpétuité

Tombe de la Famille DE BOUGAINVILLE

— III —

(Nouvelles inscriptions)

Marie Joséphine Flore
de LONGCHAMP-MONTENDRE
comtesse de BOUGAINVILLE
née a Brest
Morte a Paris le 7 aout 1806
a l'age de 47 ans

**

Joséphine Olympe Claire
de BOUGAINVILLE
marquise d'ANGLARS DE BASSIGNAC
née a Paris
Morte a St Germain-en-Laye
le 23 décembre 1892
a l'age de 66 ans

DE PROFUNDIS

A LA MÉMOIRE
de Louis Antoine
cte DE BOUGAINVILLE
officier Gal de terre et de mer,
le 1r circonnavigateur français
1729 + 811
et
de son fils puiné Amand
de BOUGAINVILLE
(Charles Augustin)
1785 + 1801
leurs cœurs sont déposés
sous cette pierre

PRIEZ DIEU POUR LEURS AMES

(*Tombe n° 75*)

ICI REPOSE
Louis Philippe Rigaud de
VAUDREUIL ancien Lieutenant
général des armées navales
Grand Croix de l'Ordre
Militaire de St Louis et
inspecteur général des classes
de la marine, décédé a Paris
le 18 décembre 1802
de profundis

───────

(*Tombe n° 47*)

CI-GIST
le corps de Mgr F. A. DE VOISINS
décédé a Paris le 14 fév. 1809
son cœur est dans l'église
de St Étienne D. M^t a Paris

───────

(Tombe disparue. La pierre, mutilée, est placée à côté de la tombe n° 41 et porte la lettre D du plan).

D. O. M
horum resurectionem expecta
JOANNES PINEL
constantiensis presbyter
in utroque jure licentiatus
archipresbyter parisiensis
ujusque Ecclesiæ per sex et quadraginta
annos

... ERINDUS PASTOR
... NE VITÆ INTEGRITAS
... IORUM SIMPLICITAS

(Tombe n° 20)

ICI REPOSE
Sophie KINKELIN
MORTE A L'AGE DE TROIS ANS ET DEMI

SES GRACES TOUCHANTES
SON INTELLIGENCE PRÉMATURÉE
FIRENT LE BONHEUR
D'UNE MÈRE INCONSOLABLE
D'UN PÈRE TENDRE
QUI LUI ONT ÉLEVÉ
CE FAIBLE MONUMENT DE LEUR DOULEUR
AN XI

(Tombe n° 22)

(Il ne reste sur cette tombe, encadrée d'une grille de fonte, que des débris de pierres; sur l'un d'eux était assujettie une plaque de métal portant les deux seules lignes suivantes d'une épitaphe) :

....
Félicie De la Salle
.... A 15 ANS
....

(Tombe n° 23)

CI-GÎT
CHARLES NICOLAS
BRIERRE

DÉCÉDÉ
A PARIS
LE 10 AVRIL
1821

(*Tombe n° 25*)

ICI REPOSE
Marie Clotilde GUERSENT
ÉPOUSE DE VASSAL CHARLEMAGNE
ANCIEN MARCHAND BOUCHER
DÉCÉDÉE LE 7 JANVIER 1805
A L'AGE DE 88 ANS

ELLE VÉCUT TROP PEU
POUR SES PARENS ET POUR SES AMIS
SA BONTÉ, SA BIENFAISANCE
LA FIRENT REMARQUER
DANS TOUS LES INSTANTS DE SA VIE
ELLE EST JUSTEMENT REGRETTÉE
DE SON ÉPOUX ET DE SES ENFANTS

O VOUS QUI VIVEZ AUX CIEUX

. . . .

(*Tombe n° 30*)

ICI REPOSE
Nicolas MALLET DOYEN DES
AGENTS DE CHANGE DE PARIS
AGÉ DE 63 ANS
DÉCÉDÉ LE XIV GERMINAL AN XI

*Il réunit toutes les
vertus qui font un bon père, un
tendre époux, un Excellent ami,
également chéri et respecté.
De tous ceux qui le connurent
il emporte au tombeau l'estime
générale, les regrets sincères
de ses collègues et l'amour
de sa famille éplorée
priez Dieu pour le repos de son âme*

(*Tombe n° 32*)

FAMILLE DEBRAY

Aimée Geneviève BAILLY
épouse de Pierre Charles DEBRAY
née a Montmartre le 11 jan. 1754
décédée le 25 octobre 1812

**
* **

Pierre Charles DEBRAY
meunier propriétaire a Montmartre
décédé le 30 mars 1814
tué par l'ennemi sur la butte de son moulin

**
* **

DEBRAY Nicolas Charles
meunier
4 mai 1848, agé de 62 ans

**
* **

DEBRAY Auguste Nicolas
(meunier)
fils de DEBRAY Nicolas Charles
13 x^{bre} 1884, agé de 64 ans

*
* *

DEBRAY Pierre Charles
(meunier)
fils de DEBRAY Nicolas Charles
13 xbre 1884, agé de 69 ans

*
* *

DEBRAY née Joséphine MÉZÉ
épouse de DEBRAY Auguste Nicolas
31 janvier 1854 agée de 26 ans

*
* *

DEBRAY née MARIE JEANNE ROCHÉ
épouse de DEBRAY Nicolas Charles
24 mars 1862 agée de 83 ans

*
* *

DEBRAY enfant mort né
fils de Pierre Auguste
13 7bre 1875

*
* *

Thérèse Françoise LEBERT
épouse de DEBRAY Pierre Charles
décédée le 18 janvier 1889
dans sa 72ème année

═══════════

(*Tombe n° 35*)

CI-GIT
Jeanne Sidonie Louise
de la BOURDONNAYE

ÉPOUSE DE JEAN BAPTISTE
DE MÉNARDEAU
ANCIEN PRÉSIDENT
AU GRAND CONSEIL
DÉCÉDÉE A PARIS
LE 29 FÉVRIER 1808
PLEURÉE
ET HONORÉE SUR LA TERRE
LA MORT N'A PU DÉTRUIRE
SES VERTUS
NON OMNIS MORITUR JUSTUS
REQUIESCAT IN PACE

(*Tombe n° 34*)

ICI REPOSE
CATHERINE MICHELLE CHAUCHAT
VEUVE
DE NICOLAS DESAINT LIBRAIRE
NÉE LE 26 NOVEMBRE 1736
ET DÉCÉDÉE LE 8 AOUT 1806

ELLE A OUVERT SA MAIN AU PAUVRE
ELLE A TENDU SES MAINS VERS L'INDIGENT
(*PRO. XXXI, 10.*)
ET ELLE SERVOIT DIEU JOUR ET NUIT
DANS LES JEÛNES ET DANS LA PRIÈRE
(*LUC. II, 37.*)

(*Tombe n° 42*)

ICI REPOSE LE CORPS
D'ELISABETH FRANÇOISE DUPUIS
Vve DE Pre Jh CHRISTOPHLE
DÉCÉDÉE LE 20 OCTOBRE 1820
AGÉE DE 96 ANS

AVEC TON DIEU JOUIS D'UN BONHEUR ÉTERNEL
O TOI QUI CONNUS SI BIEN L'AMOUR MATERNEL

PAR L'AMITIÉ FILIALE
DE PROFUNDIS

(Tombe n° 41)

CI-GIT
Jeanne André VIGEN
veuve MOUCHOT
NÉE LE 25 NOVEMBRE
1743
DÉCÉDÉE LE 24 OCTOBRE
1820
PRIEZ POUR ELLE

(Tombe n° 50)

ICI REPOSE LE CORPS DE
MADAME LA PRINCESSE BARBE
GALITZIN
NÉE DE SCHIPOFF
ÉPOUSE DU PRINCE
Théodore Nicolaievitch
GALITZIN
DÉCÉDÉE LE 14 SEPTEMBRE 1804
26
CONCESSION A PERPÉTUITÉ
ERIGÉE PAR LES SOINS DE SON FILS
THÉODORE EN 1838

(*Tombe n° 26*)

ICI REPOSE
L. S. BIENAYMÉ
DÉCÉDÉ LE
30 FLORÉAL. 10.
20 MAI 1802
REQUIESCAT IN PACE

* * *

ICI REPOSE
F. N. COLLET
V^E DE L. S. BIENAYMÉ
DÉCÉDÉE LE
9 JUILLET 1806
REQUIESCAT IN PACE

―――――

(*Tombe n° 21*)

ICI REPOSE LE CORPS
D'ÉTIENNE THÉRÈSE BOCHART
DE CHAMPIGNY
NÉE A PARIS LE 6 SEPTEMBRE 1741
VEUVE
DE HENRI POMPONE LOUIS
DE MONTENAY
DÉCÉDÉE LE...

―――――

(*Tombe n° 31*)

Ici reposent

François Claude ANDRY
décédé le 14 février 1804
a l'age de 74 ans

———

Marie Geneviève ANDRY
épouse DUMONT
décédée le 13 octobre 1847
a l'age de 86 ans

———

(*Tombe n° 28*)
L'INSCRIPTION
GRAVÉE SUR CETTE TOMBE
IL Y A 14 ANS
ÉTANT PRESQUE EFFACÉE
EST RÉTABLIE SUR CE MARBRE

———

CI-GIST
Louis Pierre Nolasque Félix BERTON
des BALBES de CRILLON
IL FUT
LIEUTENANT GÉNÉRAL DES ARMÉES DU ROI
CHEVALIER DES ORDRES DE S^T LOUIS
ET DE LA TOISON D'OR.
JAMAIS ON N'UNIT PLUS DE VERTUS
A UNE BONTÉ PLUS INDULGENTE
SON CARACTÈRE
LUI A VALU LA BIENVEILLANCE
DE TOUS CEUX QUI L'ONT CONNU
ET DE SES AMIS
QUI AINSI QUE SON PÈRE
SA BELLE-SŒUR ET SES NEVEUX
LE PLEURERONT TOUTE LEUR VIE
IL MOURUT LE 29 AVRIL 1806
AGÉ DE 63 ANS

(Tombe n° 43)

ICI REPOSENT
Benjamin
DESPORTES
9BRE 1840
ET Félix
DESPORTES
1ER MAIRE
DE MONTMARTRE
ÉLU PAR LE PEUPLE
EN 1790

Tombe de Félix et Benjamin DESPORTES

(Tombe n° 38)

A LA MÉMOIRE
DE JOSÉPHINE
LECUYER

DÉCÉDÉE LE 23 SEPTEMBRE
1824
ÉPOUSE DE
JOSEPH LECUYER

(*Tombe* n° 39)

ICI
REPOSE
Melle MARIE CAIRES DE BLAZÈRE
DÉCÉDÉE LE 25 OCTOBRE 1828
AGÉE DE 2 ANS

ICI REPOSE
CHRISTOPHLE CAIRES DE BLAZÈRE
ANCIEN CURE DE MONTMARTRE
GÉNÉRAL DU DIOCÈSE DE MEAUX
MORT A PARIS LE 20 OCTOBRE 1840
DANS SA 88me ANNÉE
DE PROFUNDIS

(*Tombe n° 40*)

ICI REPOSE

MARIE ANNE ANTOINETTE DE RIQUET

DE CARAMAN VICOMTESSE DE SOURCHES

NÉE A PARIS LE 6 SEPTEMBRE 1757

DÉCÉDÉE A PARIS LE 15 MAI 1846

ELLE PASSAIT TOUT LE JOUR A EXERCER LA CHARITÉ
(PS. 36. V. 26)
ET ELLE RENFERMA L'AUMONE DANS LE SEIN DU PAUVRE
(ECCL., CH. 29, V. 15)

(*Tombe n° 63*)

JEANNE MARIE
THÉRÈSE PIETTE
DAME DUMAS
(FULGRAND)
DÉCÉDÉE LE 21 AVRIL
1828

* *

JÉROME FULGRAND
DUMAS
NÉ A MONTPELLIER
1760
DÉCÉDÉ A PARIS
LE 13 JUILLET 1837

(*Tombe n° 49*)

BIEN HEUREUX CEUX QUI MEURENT DANS LE SEIGNEUR LEURS ACTES LES SAUVENT

ICI REPOSE	ICI REPOSE
Victoire RIQUET DE CARAMAN	Jean Louis de RIGAUD
vicomtesse de VAUDREUIL	vicomte de VAUDREUIL
décédée le 7 décembre 1834	lieutenant général des armées du roi
a l'age de 69 ans	décédé le 20 avril 1816
et 10 mois	a l'age de 54 ans
munie des sacremens	il eut le bonheur de terminer sa carrière
de notre mère la sainte église	fidel a dieu et a son roi

MISERICORDIEUX JESUS
DONNEZ LEUR LE REPOS ÉTERNEL

(*Tombe n° 57*)

𝕮𝖎-𝕲𝖎𝖙

MARIE PIERRE SOPHIE
marquise de VAUDREUIL
née des innocens de maurens
décédée a l'age de 67 ans
le 10 avril 1839

*
* *

ICI REPOSE LE
...... CORPS
Pierre ....
marquis de VAUDREUIL
colonel en retraite
chevalier de l'ordre militaire de St Louis
mort en suisse

LE SEPT JUILLET 1848
A L'AGE DE 79 ANS
PRIEZ DIEU POUR LUI

(Tombe n° 56)

.... EUIL
LA T............ VERGNE
DU Mᶦˢ D VAUDREUIL
DÉCÉDÉE LE 28 MAI 1829
LE COMTE GODEFROI
DE LA TOUR D'AUVERGNE
SON FILS DÉCÉDÉ LE 29 AOUT 1832
1832

(Tombe n° 48)

A MON BON ET VERTUEUX PÈRE
JOSEPH HYACINTHE FRANÇOIS DE PAULE
DE RIGAUD COMTE DE VAUDREUIL
ANCIEN GRAND FAUCONNIER DE FRANCE
PAIR DE FRANCE
LIEUTENANT GÉNÉRAL GOUVERNEUR DU PALAIS DU LOUVRE
CHEVALIER DES ORDRES DU ROI
MEMBRE DE L'ACADÉMIE DES BEAUX-ARTS
DÉCÉDÉ AU LOUVRE LE 17 JANVIER 1817
A L'AGE DE 76 ANS 10 MOIS ET 15 JOURS

* * *

A MA BONNE ET VERTUEUSE MÈRE
MARIE JOSÉPHINE HYACINTHE VICTOIRE DE RIGAUD
COMTESSE DE VAUDREUIL DOUAIRIÈRE
DÉCÉDÉE A PARIS LE 30 DÉCEMBRE 1851
A L'AGE DE 76 ANS ET 5 MOIS

HEUREUX CEUX QUI MEURENT DANS LE SEIGNEUR, ILS SE REPO
SERONT DE LEURS TRAVAUX, CAR LEURS OEUVRES LES SUIVENT
ACCORDEZ LEUR, SEIGNEUR, LE REPOS ÉTERNEL ET QUE LA
LUMIÈRE ÉTERNELLE LES ÉCLAIRE

*
* *

A MON CHER ONCLE LE DERNIER DE MA FAMILLE
CHARLES LOUIS PHILIPPE ALFRED JOSEPH
DE RIGAUD COMTE DE VAUDREUIL
ANCIEN PAIR DE FRANCE
1ER. GENTILHOMME
DE LA CHAMBRE DE S. M. LE ROI CHARLES X
ANCIEN COLONEL CHEVALIER DE ST LOUIS
OFFICIER DE LA LÉGION D'HONNEUR ETC. ETC.
NÉ A LONDRES LE 28 OCTOBRE 1796
MORT A PARIS LE 4 FEVRIER 1880
A L'AGE DE 83 ANS

MISÉRICORDIEUX JÉSUS DONNEZ LUI LE REPOS
ÉTERNEL

(*Tombe n° 14*)
AQUIMACÉ
ADÉLAIDA D'ESTREAN. Y PARDO
ESPOUSA DEL MARISCALDAL DE CAMPO
AL SERVICI DE S. M. C.
D BENITO PARDO DE FIGUEROA
QUIRN FINO EN ESTA INS RIPCION
LA MEMORIA DE SER PROPRIO DOLOR

MORTO DE EDAD DE G. ANNOS ET DIA 7 DE MAYE 1802

CI-GIT
D ADELAIDE D'ESTREAN
SON EPOUX DI BENITO PARDO DE FIGUEROA
MARECHAL DE CAMPS AU SERVICE D'ESPAGNE
TEMOIGNE A TOUS LE COEURS SENSIBLES
SA PROFONDE DOULEUR ET SES REGRETS DECHIRANTS
SUR LA PERTE

DE SA DIGNE ET VERTUEUSE COMPAGNE

DÉCÉDÉE LE 17 MAI 1802 (1)

(Tombe n° 70)
(Ancienne inscription)
ICI REPOSE
JACQUES DU VAL
C^{TE} D'EPRÉMESNIL
COLONEL DE CAVALLERIE
CHEVALIER DES ORDRES DE S^T LOUIS
ET DE L'ORDRE DE LA LÉGION D'HONNEUR
DÉCÉDÉ
A PARIS LE 28 JUILLET 1838
AGÉ DE 68 ANS
PRIEZ POUR LUI

*
* *

(Inscription nouvelle)
SÉPULTURE
DU VAL D'EPRÉMESNIL

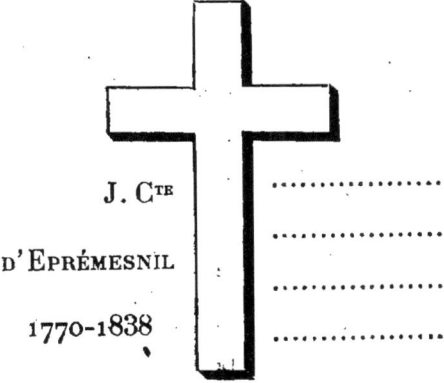

J. C^{TE}
D'EPRÉMESNIL
1770-1838

---

(1) Nous devons à l'obligeance de notre collègue L. Lazard la communication de la pièce suivante, faisant partie des *Archives de la Seine*, série I, carton numéro 85 : M. Don Benito Pardo de Figueroa, général au service de S. M. le roi d'Espagne, a l'honneur de vous faire part du décès de Dona Adélaïde d'Estrehan, son épouse, arrivé le 17 du courant, rue St Honoré, Hôtel de la Grande-Bretagne, n° 61. La cérémonie aura lieu le 18 à l'église St Roch à.... heures du soir. 17 floréal an X. »
A cette pièce est jointe une demande d'autorisation, au maire du Ier arrondissement, d'inhumer au cimetière de la commune de Montmartre. 18 floréal an X.

(*Tombe n° 71*)

ICI REPOSE
Nicolas de SWETCHINE
GÉNÉRAL D'INFANTERIE
NÉ A MOSCOU LE 25 AVRIL 1758
DÉCÉDÉ A PARIS
LE 23 NOVEMBRE 1850
PRIEZ POUR LUI

Sophie Jeanne SWETCHINE
NÉE DE SOYMONOFF
... 24 NOVEMBRE ...

NÉE LE ... 1772
4 DÉCEMBRE
10 ....
MORTE LE 1837
10 SEPTEMBRE

DOMINE.....
....
PSAUME 25

(*Tombe n° 19*)

ICI REPOSE
Pierre PHILIPOT
ANCIEN MAITRE CHARRON

Vue du Cimetière (partie centrale) prise de la tombe n° 71 (Swetchine)
Photog. de V. Galliot. Reproduction par L.-A. Bertrand.

NÉ A TISY DP{^{T}} DE L'YONNE
LE 10 MARS 1740
DÉCÉDÉ LE 22 MARS 1820
AGÉ DE 80 ANS

PÈRE CHARITABLE
JOUISSANT CONSTAMMENT
DE LA CONSIDÉRATION LA MIEUX MÉRITÉE
EMPORTANT LES REGRETS
DE SES ENFANTS, PETITS ENFANTS

ET DE TOUS SES PARENTS
AMES PIEUSES JOIGNEZ VOS PRIÈRES
A CELLES DE SA FAMILLE
DE PROFUNDIS

(*Tombe* n° 18)

ICI REPOSE
MARIE ANNE MICHELLE DEVEAUX
ÉPOUSE DE PIERRE PHILIPOT
NÉE A MONTMARTRE LE 31 (*sic*) 7{^{BRE}} 1756
DÉCÉDÉE LE 29 MAI 1817
AGÉE DE 62 ANS

MÈRE CHARITABLE
JOUISSANT CONSTAMMENT
DE LA CONSIDÉRATION LA MIEUX MÉRITÉE
EMPORTANT LES REGRETS DE SON MARI
DE SES ENFANTS ET PETITS ENFANTS

AMES PIEUSES JOIGNEZ VOS PRIÈRES
A CELLES DE SA FAMILLE
DE PROFUNDIS

(*Tombe n° 16*)

ICI REPOSE
LA DÉPOUILLE MORTELLE
DE FEU MONSIEUR
GUILLAUME BARSE, NÉ A
VILLOSSANGE DÉPARTEMENT
DU PUY DE DÔME
LE 15 AVRIL 1771
DÉCÉDÉ A MONTMARTRE
LE 10 MARS 1822

(*Tombe n° 17*)

... REPOSE
... S DE FRANÇOIS AUMOT
M. DE CHEVAUX
NÉ A S^T OMER
CANTON DE CLECY
DÉPARTEMENT DU CALVADOS
AGÉ DE TRENTE NEUF ANS
DÉCÉDÉ LE 17 NIVOSE AN DIX
BON PARENT

SINCÈRE ET BIENFAISANT
IL EST
GÉNÉRALEMENT REGRETTÉ
DE CEUX QUI LE CONNURENT

(*Tombe n° 15*)

ICI REPOSE
LE CORPS DE MARIE ANNE BOMBARD
NÉE LE 23 AOUT 1746 ET INHUMÉE
DANS CE CIMETIÈRE LE 26 MARS 1803
6 GERMINAL AN 11
DIGNE ÉPOUSE TENDRE MÈRE AMIE SURE
TOUS CEUX QUI LA CONNAISSAIT LA REGRETTE
ET NE VOYENT PAS SA TOMBE
SANS RÉPANDRE DES LARMES

(Tombe n° 13)

ICI REPOSENT SOUS LA MÊME TOMBE
ET RÉUNIS A LEURS PÈRE ET MÈRE

MARIE THOMAS	ANNE EUPHRASIE
Jacques GUIBOUT	PANET Vve GUIBOUT
ANCIEN NÉGOCIANT	SON ÉPOUSE
DÉCÉDÉ A PARIS	DÉCÉDÉE A PARIS
LE 21 AVRIL 1814	LE 18 SEPTEMBRE
DANS SA 54me ANNÉE	1842
	DANS SA 75 ANNÉE

BEATI MORTUI QUI IN DOMINO MORIUNTUR
OPERA ENIM ILLORUM SEQUUNTUR ILLOS
(APOC. 14)
REQUIESCANT IN PACE

ICI REPOSENT
SOUS LA MÊME TOMBE
EN ATTENDANT LA RÉSURRECTION
Claude François PANET
ET
Marguerite Anne GROUNE SON ÉPOUSE
DÉCÉDÉS
L'UN LE 8 FLORÉAL AN IX (28 AVRIL 1801)
ET L'AUTRE
LE 27 MESSIDOR AN XIII (16 JUILLET 1805)

CES ÉPOUX RESPECTABLES ET DIGNES D'ÊTRE UNIS
PENDANT LEUR VIE
N'AURONT MÊME PAS ÉTÉ SÉPARÉS APRÈS LEUR NORT
(II. ROIS. I)

(Tombe n° 29)

HIC JACET
ILLUSTRISSIMUS ET REVERENDISSIMUS D. D.

STEPHANUS ALEXANDER JOANNES
BAPTISTA MARIA BERNIER
EPISCOPUS AURELIANENSIS,
INGENIO ET DOCTRINA CLARUS,
RELIGIONE ET PIETATE CLARIOR,
VIGILANTISSIMA SUAE DIOCESIS CURA
ET VERE PATERNO PAUPERUM AMORE
CLARISSIMUS PACE TANDEM GALLICANAM
INTER ET ROMANAM ECCLESIAM
COMPOSITO PER REDINTEGRATIONEM
CULTUS CATHOLICI IMMORTALIS
OBIIT PARISIIS
ANNO AETATIS SUAE 44
ÆRAE VERO CHRISTIANAE MDCCCVI
DIE OCTOBRIS PRIMA
REQUIESCAT IN PACE

(*Tombe n° 27*)

SÉPULTURES DES FAMILLES
DES TOUCHES DE LAUNAY ET DE HOUDETOT

ROSE DE TOUCHES	ERNEST HERSANT
NÉE DE LAUNAY	DES TOUCHES
DÉCÉDÉE	DÉCÉDÉ
LE 19 MAI 1802	LE 12 MAI 1826

DENIS JOSEPH	ALEXANDRE ETIENNE GUILLAUME
DE LAUNAY	BARON HERSANT DES TOUCHES
DÉCÉDÉ	PREFET DU DEP^T
LE 18 MAI 1815	DE SEINE ET OISE
	DÉCÉDÉ LE 8 JUIN 1826

Vue du Cimetière (partie nord) prise de la tombe N° 29 (Bernier)
Pholog. Galliot. *Reproduction par* L.-A. Bertrand

JEANNE LOUISE ALEXANDRINE
EUDES DE MIRVILLE
VEUVE DE CHARLES CÉSAR
HENRY D'HOUDETOT
NÉE LE 15 FÉVRIER 1763
DÉCÉDÉE LE 10 AVRIL 1810

———

DENIS DE LAUNAY
NÉ LE 1ᴱᴿ OCTOBRE 1777
DÉCÉDÉ
LE 17 AVRIL 1847

STÉPHANIÉ HERSANT
DES TOUCHES
Cᵉˢˢᵉ D'HOUDETOT
NÉE EN 1797
DÉCÉDÉE LE 15 JANVIER 1853

———

ETIENNE LOUIS GASTON
Vᵀᴱ DE HOUDETOT
NÉ A PARIS LE 25 SEPTEMBRE 1822
DÉCÉDÉ A PARIS LE 22 AOUT 1868

ARMAND MAXIMILIEN
COMTE DE HOUDETOT
NÉ LE 10 AVRIL 1787
DÉCÉDÉ A PARIS
LE 3 MARS 1871

(*Tombe n° 33*)

ICI REPOSE
LA DÉPOUILLE MORTELLE
DE MARIE FRANÇOISE RAYNIER
Vᵛᴱ DE Mʀ FINOT
ANCIEN MAIRE DE LA COMMUNE
DE MONTMARTRE

———

ELLE S'ENDORMIT DU SOMMEIL DU JUSTE
LE 13 AOUT 1838 AGÉE DE 84 ANS
DISTINGUÉE PAR SES VERTUS
SON ESPRIT . . . . . SON HUMANITÉ
. . . . LE TEMPS

ICI REPOSE
PIERRE JOSEPH FINOT
MAIRE DE LA COMMUNE DE MONTMARTRE
MEMBRE DU CORPS ÉLECTORAL
DU DÉPARTEMENT DE LA SEINE
. . . .
ADMINISTRATEURS DE BIENFAISANCE
DÉCÉDÉ LE 4 OCTOBRE 1816
AGÉ DE 73 ANS

———

CE MAGISTRAT DÉSINTÉRESSÉ
FUT ADMINISTRATEUR
AUSSI JUSTE QUE ZÉLÉ
LE PAUVRE TROUVANT EN LUI
UN PROTECTEUR. . . . .
. . . .

PRIEZ DIEU POUR LE REPOS DE SON AME

(Pierre tombale enlevée de son emplacement primitif, inconnu, et placée entre les tombes 29 et 33 ; elle porte la lettre H du plan. Les deux épitaphes sont gravées : la première sur la face, la seconde sur le revers.)

CI GIT
Mʳ Finck DUBOIS
CHANOINE HONORAIRE
ANCIEN CURÉ DE MONTMARTRE
ET PÈRE DES PAUVRES
DÉCÉDÉ A PARIS LE 16 MARS 1822
REQUIESCAT IN PACE

*
* *

ICI REPOSE LE CORPS DE
Marie Jeanne LANGAT
DÉCÉDÉE DANS LA 64 ANNÉE
DE SON AGE
Gilbert LENARD SON MARI
EN RECONNOISSANCE DE SES VERTUS
LUI A CONSACRÉ CE MONUMENT
DE PROFUNDIS

(Tombe nº 37)

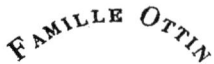

ICI
REPOSENT

LOUIS FRANÇOIS	MARIE ANNE
Ottin	Defresne sa Vᵛᵉ
DÉCÉDÉ LE 24	DÉCÉDÉE LE 3
JUILLET 1830	AVRIL 1838
A L'AGE DE 84 ANS	A L'AGE DE 79 ANS

PÈRE ET MÈRE DE Mʳ LE CURÉ DE CETTE PARᵒⁱˢˢᵉ
CUM DEDERIT DILECTIS SUIS SOMNUM
ECCE HAEREDITAS DOMINI FILLIUS, MERCES
ET FRUCTUS VENTRIS.   *Ps. 126.*
LES ENFANS SERONT L'HERITAGE LE PLUS
PRECIEUX AINSI QUE LA RECOMPENSE DES
BIEN-AIMES DU SEIGNEUR APRES LEUR MORT

PRIEZ DIEU POUR EUX

(Tombe n° 36)

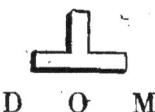

D   O   M

CI-GIT

M Pierre PORTAL LICENCIÉ EN
DROITS CIVIL ET CANONIQUE, CHANOINE
TITULAIRE DE L'EGLISE MÉTROPOLITAINE
DE PARIS, ANCIEN AUMONIER DE LA MAISON
DES BATIMENTS DU ROI CONSEILLER-CLERC
EN LA COUR SOUVERAINE DE BOUILLON
ET ANCIEN CHANOINE DE LA CATHÉDRALE
DE VERDUN. NÉ A GAILLAC DÉPARTEMENT
DU TARN. DÉCÉDÉ LE 22 7BRE 1806
AGÉ DE 63 ANS
REQUIESCAT IN PACE

(Tombe n° 46)

ICI REPOSE LE CORPS
DE DAME Antoinette Emilie VIALAR
FILLE DE M^R LE DOCTEUR PORTAL
NÉE A PARIS
ET DOMICILIÉE PAR SON MARIAGE
DANS LA VILLE DE GAILLAC
DÉPARTEMENT DU TARN
LAQUELLE VENUE DANS CETTE CAPITALE
DE L'EMPIRE
AVEC SON MARI ET SES TROIS ENFANTS
POUR REVOIR SES PARENS
AUPRÈS DESQUELS L'APPELLAIENT
LES SENTIMENTS D'UNE TENDRESSE RÉCIPROQUE
Y EST MORTE PEU DE JOURS APRÈS SON ARRIVÉE
DONNANT LES PREUVES LES PLUS TOUCHANTES
DE LA FOI LA PLUS VIVE
QUI AVOIT TOUJOURS ANIMÉ SES ACTIONS
SA FAMILLE PLONGÉE DE LA PLUS PROFONDE DOULEUR
ET TOUS SES AMIS OCCUPÉS DES PLUS SINCÈRES REGRETS

POUR LES VERTUS ET LES BELLES QUALITÉS
QUI LA DISTINGOIENT
LA RECOMMANDERONT A VOS PRIÈRES
REQUIESCAT IN PACE

(Tombe n° 44)

ICI REPOSE
LE CORPS DE M. VICTOR ANTOINE
NÉ A PARIS LE 28 DÉCEMBRE 1797
MORT LE 5 FÉVRIER 1819
IL ETAIT FILS
DE MR PEYRILLE LOURMADE
DE LAMOURIÉ
NÉ A L'ILE DÉPARTEMENT DU TARN
ET D'ADELAIDE CÉCILE PORTAL
IL ETOIT L'AMOUR ET L'ESPÉRANCE
DE SES PARENS

PRIEZ DIEU POUR SON AME

(Tombe n° 45)

ANTOINE
LOUIS JOSEPH PEYRILLE
LOURMADE DE LAMOURIÉ
NÉ A L'ISLE D'ALBY
ARRONDISSEMENT DE GAILLAC
DÉPARTEMENT DU TARN
LE 16 OCTOBRE 1768
DÉCÉDÉ A PARIS LE 24 JUILLET 1851
ÉPOUX
DE CÉCILE ADÉLAIDE PORTAL

*
* *

CÉCILE ADELAIDE PORTAL
EPOUSE DE ANTOINE
LOUIS JOSEPH PEYRILLE
LOURMADE DE LAMOURIÉ

NÉE A PARIS
ET DÉCÉDÉE EN CETTE VILLE
LE 27 DÉCEMBRE 1852
REQUIESCAT IN PACE

(*Tombe n° 54*)

ICI REPOSE LE CORPS
DE MADAME ANNE
BARRAFORT
ÉPOUSE DE M. ANTOINE
PORTAL

CHEVALIER DE L'EMPIRE
DOCTEUR EN MÉDECINE
PROFESSEUR AU COLLEGE DE FRANCE
ET AU JARDIN DES PLANTES
MEMBRE DE L'INSTITUT
ET DE LA LÉGION D'HONNEUR
MORTE A PARIS LE 23 OCTOBRE 1812

(*Tombe n° 53*)

CI-GIT
LE BARON ANTOINE
PORTAL
COMMANDEUR DE LA LÉGION D'HONNEUR
CHEVALIER DE S^T MICHEL
MEMBRE DE L'INSTITUT
PRÉSIDENT D'HONNEUR PERPÉTUEL
DE L'ACADÉMIE ROYALE DE MÉDECINE
MEMBRE DU CONSEIL GÉNÉRAL DES HOSPICES
PREMIER MÉDECIN DES ROIS LOUIS DIX HUIT
ET CHARLES DIX ETC. ETC.
NÉ A GAILLAC DÉP^T DU TARN
LE 5 JANVIER 1742
DÉCÉDÉ A PARIS LE 23 JUILLET 1832

SOULAGEMENT DE L'HUMANITÉ,
AVANCEMENT DE LA SCIENCE
TEL FUT LE BUT GLORIEUX
DE SES ILLUSTRES TRAVAUX
COMMENCÉS
DANS LA PLUS TENDRE JEUNESSE
ET PROLONGÉS JUSQU'AU DERNIER INSTANT
DE SA LONGUE CARRIÈRE

IL REPOSE ICI SELON SON DÉSIR
ENTOURÉ DES SIENS

(*Tombe n° 51*)

CI GIT

MR JEAN FEUTRIER
NÉ LE 5 JANVIER 1750
MORT LE 27 JANVIER 1814
ANCIEN DIRECTEUR DES CONTRIBUTIONS
DU DÉPARTEMENT DE LA SEINE
PRÉSIDENT DE LA FABRIQUE
DE CETTE PAROISSE

DILECTUS DEO ET HOMINIBUS

(*Tombe n° 52*)

MARIE CATHERINE DAUPHIN
V^{VE} DE MR FEUTRIER
NÉE LE 11 JUILLET 1760
DÉCÉDÉE
LE 4 AVRIL 1816
MULIER TIMENS DOMINUM
DE PROFUNDIS

(*Tombe n° 62*)

ICI REPOSE

LOUIS . . . DU BOTORET
COMTE DE SOTRIBÉ

Vue du Cimetière (partie sud) prise de la tombe n° 64 (Dame Marie Esther Dassy)
Photog. V. Galliot. Reproduction L. A. Bertrand

CHEVALIER DE L'ORDRE ROYAL
ET MILITAIRE DE S^T LOUIS
ANCIEN CAPITAINE DE DRAGONS
DÉCÉDÉ A PARIS
LE 4 MARS 1802
AGÉ DE 85 ANS

(Tombe n° 66)

FAMILLES
DE LABORDE ET FEZENSAC

ALPHONSE M. A. J.
DE MONTESQUIOU
FEZENSAC
NÉ LE 24 JUIN 1786
DÉCÉDÉ LE 25 MAI
1803

*
* *

RICHARD
DE MONTESQUIOU
FEZENSAC
NÉ LE 25 JUIN 1810
DÉCÉDÉ LE 10 AOUT
1810

*
* *

RAYMOND
DE MONTESQUIOU
FEZENSAC
NÉ LE 6 JUIN 1818
DÉCÉDÉ LE FÉVRIER
1819

MARIE NETTINE
V^{VE} D'ANGE LAURENT
DE LALIVE, INTRODUCTEUR
DES AMBASSADEURS
NÉE LE 2 MAI 1742
DÉCÉDÉE LE 8 MAI 1808

*
* *

HUBERT
VICOMTE DE VINTIMILLE
DES COMTES DE MARSEILLE
VICE AMIRAL.
NÉ LE 6 FÉVRIER 1740
DÉCÉDÉ LE 4 MARS 1817

*
* *

ROSALIE NETTINE
V^{VE} DE JEAN JOSEPH
DE LABORDE
ANCIEN BANQUIER DE LA COUR
DÉCÉDÉE LE 25 JUILLET 1821
DANS SA 85 ANNÉE

GASPARD
BARON DE LALIVE
INTRODUCTEUR
DES AMBASSADEURS
NÉ LE 6 AOUT 1765
DÉCÉDÉ LE 16 MAI 1829

LOUISE DE LALIVE
EPOUSE DE PHILIPPE
DE MONTESQUIOU
COMTE DE FEZENSAC
NÉE LE 9 AOUT 1764
DÉCÉDÉE LE 1ᴿ JUIN 1832

ALEXANDRE
DE LABORDE
NÉ LE 17 SEPTEMBRE
1773
DÉCÉDÉ LE 20 OCTOBRE
1842

AGATHE MARIE MASSON
DE Sᵀ AMAND
VEUVE DE GASPARD
BARON DE LALIVE
DÉCÉDÉE LE 2 AVRIL 1850
A 91 ANS

LÉON JOSEPH SIMON EMMANUEL
MARQUIS DE LABORDE
SÉNATEUR
MEMBRE DE L'INSTITUT
NÉ LE 15 JUIN 1807
DÉCÉDÉ LE 25 MARS 1869

ANGÉLIQUE DE LALIVE
Vᵛᴱ DE HUBERT
Vᵀᴱ DE VINTIMILLE
NÉE LE 7 JUIN 1763
DÉCÉDÉE LE 30 JUILLET
1831

MAURISE
DE FLAVIGNY
NÉ LE 11 AOUT
1832
DÉCÉDÉE LE 25 AVRIL
1837

MARGUERITE THÉRÈSE
MARIE NATALIE
DE LABORDE
NÉE LE 25 DÉCEMBRE 1841
DÉCÉDÉE LE 3 JUIN
1843

MARIE ANNE
THÉRÈSE SABATIER
DE CABRE
COMTESSE DE LABORDE
NÉE LE 12 MARS 1780
DÉCÉDÉE LE 17 MARS 1854

JEAN CESAIRE AUGUSTE
FRANÇOIS DE LABORDE
NÉ LE 26 FÉVRIER
1861
DÉCÉDÉ LE 5 MARS
1870

*
* *

LOUISE FÉLICIE COUSIN
MARQUISE DE LABORDE
NÉE LE 20 NOVEMBRE
1814
DÉCÉDÉE LE 11 JANVIER
1883

. . . .
. . . .
. . . . . .

(*Tombe n° 60*)

A LA MÉMOIRE
D'UN BON PÈRE
ICI REPOSE
FRANÇOIS CONSTANT
COMTE DE ROMANET
NÉ
AU CHATEAU DE BEAUNE
PRÈS. . . EYMOUTIERS
(HAUTE VIENNE)
LE 9 FÉVRIER 1756
DÉCÉDÉ
EN SA MAISON
DE CLIGNANCOURT
LE 21 JUILLET 1805

CONCESSION A PERPÉTUITÉ

(*Tombe n° 55*)

✝

HENRIETTE ADELAIDE THEVENIN
FEMME D'ANDRÉ PHILIPPE DELARUE
NÉE LE 4 FÉVRIER 1748 DÉCÉDÉE LE 10 SEPTEMBRE 1802

*
* *

ANDRÉ PHILIPPE DELARUE
NÉ LE 25 JUILLET 1727
DÉCÉDÉ LE 14 FÉVRIER 1815

ANNE ADÉLAIDE OCTAVIE DUMAS
Vᵛᵉ DE JEAN BAPTISTE MARIE FRANCESCHI DELORME
NÉE LE 20 JUIN 1788 DÉCÉDÉE LE 9 FÉVRIER 1812

ADÉLAIDE JULIE DELARUE
NÉE LE 24 MAI 1770 DÉCÉDÉE LE 27 MARS 1807
ÉPOUSE DE MATHIEU DUMAS

MATHIEU DUMAS
LIEUTENANT GÉNÉRAL, PAIR DE FRANCE
NÉ LE 23 NOVEMBRE 1753
DÉCÉDÉ LE 16 OCTOBRE 1837

(*Tombe n° 68*)

CI-GIT
LE COMTE CHARLES DE MAILLÉ
LATOUR LANDRY
GENTILHOMME D'HONNEUR
DE MONSIEUR
NÉ LE 23 JUIN 1771
DÉCÉDÉ LE 6 MAI 1839

(*Tombe n° 69*)
ICI REPOSENT
LES DÉPOUILLES MORTELLES
DE DAME MARIE ANNE LEPOIVRE
ÉPOUSE DE MONSIEUR SAGOT
DÉCÉDÉE A MONTMARTRE
LE 28 JANVIER 1824

CHEZ SA FILLE
VÉRONIQUE SOPHIE SAGOT
ÉPOUSE DE MONSIEUR
JACQUES FRANÇOIS LE DOUBLET
ACTUELLEMENT FEMME GOGUIN
APRÈS 56 ANS
D'UN MÉNAGE LE PLUS HEUREUX
ELLE MOURUT AGÉE DE 81 ANS

ELLE FUT BONNE ÉPOUSE
BONNE MÈRE ET EXCELLENTE AMIE
SES RARES VERTUS SON BON CŒUR
ET TOUTES SES BONNES QUALITÉS
LA FONT REGRETTER DE SA FILLE
DE SON GENDRE DE SA FAMILLE
ET DE TOUS CEUX QUI L'ONT CONNUE
PASSANTS
PRIEZ DIEU POUR LE REPOS DE SON AME

(*Tombe n° 12*)

ICI REPOSENT

ANDRÉ MARCEL ROCHER
DÉCÉDÉ AU BANQUET DE SA DERNIÈRE FILLE
LE 13 MAI 1807
A L'AGE DE 62 ANS

*
* *

JEAN FRANÇOIS LOUIS PETIT	MARIE JEANNE PICARD
DÉCÉDÉ LE 28 JUILLET 1845	VEUVE DE MARCEL ROCHER
A L'AGE DE 68 ANS	
EPOUX EN 2ME NOCES	DÉCÉDÉE LE 22 JANVIER 1820
DE MME V^{VE} JEAN ANDRÉ ROCHER	A L'AGE DE 77 ANS
IL EST SINCÈREMENT REGRETTÉ	
DE SA VEUVE DE SES ENFANTS	*
DE TOUTE SA FAMILLE ET DE TOUS	* *
SES AMIS	

LA MÊME TOMBE
RENFERME LE CORPS DE
MARIE JOSÉPHINE
COMPOINT
VEUVE PETIT
DÉCÉDÉE LE 28 MARS 1852
A L'AGE DE 63 ANS
ELLE EMPORTE LES REGRETS
DE TOUTE SA FAMILLE
ET DE SES AMIS
PRIEZ POUR ELLE

JEAN ANDRÉ ROCHER
DÉCÉDÉ
LE 17 MAI 1833
A L'AGE DE 50 ANS
ÉPOUX DE MARIE JOSÉPHINE COMPOINT

DE PROFUNDIS

(*Tombe n° 11*)

ICI REPOSE
LE CORPS DE JEAN PHILIPPE DESHAYES
DE MANERBE
MORT LE 29 JANVIER 1803
AGÉ DE 63 ANS
(*CONCESSION A PERPÉTUITÉ*)

ICI REPOSE
MME ANGÉLIQUE REINE VAN-BERCHEM
V^VE DE MR JEAN PHILIPPE DESHAYES
DÉCÉDÉE LE 8 SEPTEMBRE 1836
AGÉE DE 79 ANS.
(*CONCESSION A PERPÉTUITÉ*)

(*Tombe n° 10*)

ICI REPOSE
LOUISE OPPORTUNE
MICHU
AGÉE DE 46 ANS
DÉCÉDÉE LE 5 X^{BRE} 1808
EN SON DOMICILE RUE CADET N° 36
ÉPOUSE
DU S^R HUBERT M^D BOUCHER

LA MEILLEURE DES ÉPOUSES
ET LA PLUS TENDRE DES MÈRES
PLEURÉE DE SES PARENS
ET DE SES AMIS
AU DE LA DU TOMBEAU

PRIEZ DIEU
POUR LE REPOS DE SON AME

(*Tombe n° 9*)

ICI REPOSE
LES CENDRES BIEN PURES
DE L'INN^{CE} DE JA^{QUES} NESSELER
NÉ LE 4 FLORÉAL AN 8
(24 AVRIL 1799)
DÉCÉDÉ LE 13 VAND^{BRE} AN 10
5 OCTOBRE 1801
REGRETTÉ TRÈS AMMÈREM^T
DE SA FAMILLE
QUE DIEU L'AIT EN SA S^{TE} GARDE
SOUV^{IR} DE L'AMÉ FRATERNEL
· X^{BE} 1816

(Tombe n° 6)

Sous ce Monument Solitaire
Repose un Fils Chéri Objet de touts nos vœux
Si le temps adoucit notre douleur amère
Ne pleurons plus il est heureux

ANT^{ne} MARECHAL
né le 17 mars 1814
décédé le 13 avril 1817

(Tombe n° 7)

Ici reposent

Le corps d'Étienne THUILLIER, sculpteur
décédé le 21 avril 1805, agé de 62 ans
et de Marie Michelle BERTAUT son épouse
décédée le 21 x^{bre} 1807 agée de 60 ans

*LA PIÉTÉ FILIALE A CONSACRÉ CE MONUMENT
AU SOUVENIR DE LEURS VERTUS
REQUIESCANT IN PACE*

et Marie Marguerite
THUILLIER
leur petite fille
décédée le 27 avril
1809
agée de 27 mois

(Tombe n° 8)

Ici repose le corps
de Louis BIENNAIT
agé de 49 ans
décédé a Paris le 7 7bre 1818

*Il fut bon père et bon époux
Il emporte avec lui les regrets
de toute sa famille*

(Cette tombe ne figure pas sur le plan ; la pierre portant l'épitaphe a été placée contre le mur, près de la sépulture n° 8. Elle est représentée par la lettre F du plan.)

ICI REPOSE
JEAN LOUIS POTDEVIN
MARCHAND DE VIN TRAITEUR
NÉ A MARCHEMORET
DÉCÉDÉ EN SA MAISON A MONTMARTRE
VIS A VIS LA BARRIÈRE BLANCHE
LE 9 JANVIER 1823
AGÉ DE TRENTE UN ANS
IL FUT BON ÉPOUX ET BON PÈRE
IL FUT VIVEMENT REGRETTÉ
DE SON ÉPOUSE ET DE SA FILLE

(Tombe n° 3)

YCI REPOSE LA DÉPOUILLE MORTELLE
D'ANNE MARIE MARCELINNE CÉLESTINE
DUCLUZEL
*SON AME, EST DANS LE SEIN DE DIEU.
CRÉATURE CÉLESTE
QUI*

*COMBLÉE DES DONS LES PLUS PRÉCIEUX
DE LA NATURE ET DE LA GRACE
RÉUNIT DANS L'AGE LE PLUS TENDRE
TOUT CE QUI PEUT FAIRE AIMER
ET RESPECTER SUR LA TERRE
ELLE Y FUT COMME MODÈLE
ET ENLEVÉE A 13 ANS 43 JOURS
A LA TENDRESSE ET AUX LARMES
D'UNE FAMILLE DÉSOLÉE*

*
* *

Depuis cinq ans, la croix, placée primitivement en tête de cette tombe, a été posée sur la pierre, qu'elle coupe en deux parties, dans la longueur, tronquant l'épitaphe et lui donnant l'aspect ci-dessous. Le temps aidant, cette croix et la pierre ont si bien fait corps, que le monument a pris une apparence nouvelle, dont nous avons cru devoir donner le fac-similé en tête de la page 151 ci-contre.

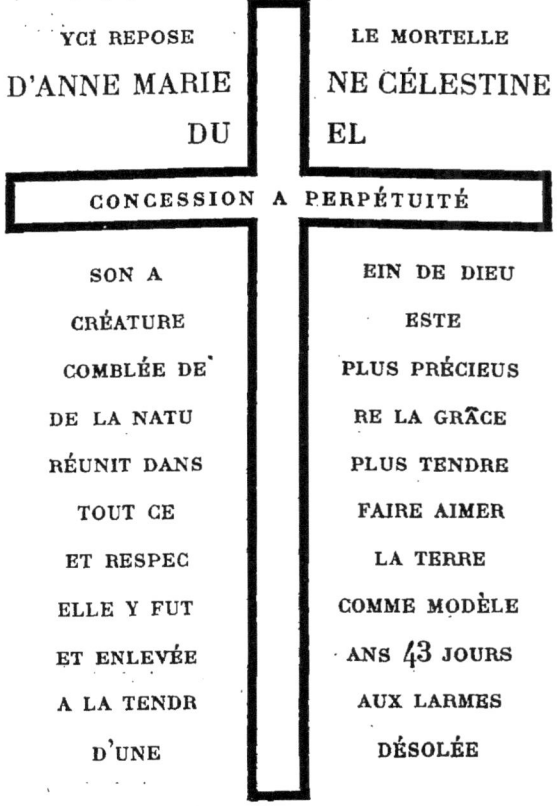

YCI REPOSE LE MORTELLE
D'ANNE MARIE NE CÉLESTINE
DU EL

CONCESSION A PERPÉTUITÉ

SON A EIN DE DIEU
CRÉATURE ESTE
COMBLÉE DE PLUS PRÉCIEUS
DE LA NATU RE LA GRÂCE
RÉUNIT DANS PLUS TENDRE
TOUT CE FAIRE AIMER
ET RESPEC LA TERRE
ELLE Y FUT COMME MODÈLE
ET ENLEVÉE ANS 43 JOURS
A LA TENDR AUX LARMES
D'UNE DÉSOLÉE

(Tombe n° 4)

Ô

ANNE ANTOINETTE LOUISE
LOLOTTE
FILLE DE PIERRE FRANÇOIS
JEAN DU CLUZEL
ET D'ANNE LOUISE
DE MATHAN, SON ÉPOUSE
NÉE
LE 1ᴿ VENTOSE AN XI (1803)
MORTE
LE 6 MESSIDOR AN XII (1804)
A L'AGE
DE SEIZE MOIS ET CINQ JOURS

(Cette tombe a disparu; la pierre, portant l'épitaphe, a été placée contre le mur, à côté de celle de M. POTDEVIN. Elle porte la lettre E du plan.)

ICI REPOSE
DAME ADÉLAÏDE FLORENCE
COUTELET
ÉPOUSE DE MONSIEUR JULIEN
MARLET
MARCHAND DE VIN TRAITEUR
BARRIÈRE BLANCHE N° 28
DÉCÉDÉE LE 26 AVRIL 1824
ÂGÉE DE 30 ANS

ELLE EST VIVEMENT REGRETTÉE
DE SON EPOUX, DE SA FILLE
DE SA FAMILLE
ET DE TOUS CEUX QUI L'ONT CONNUE
DE PROFUNDIS

───────────

(Tombe n° 5)

ICI REPOSE LA FAMILLE BROCHET
LE 24 JUILLET 1832 EST DÉCÉDÉE
MARGUERITTE GENEVIÈVE CHOTARD
FEMME BROCHET, AGÉE DE 62 ANS
ET LE 31 MARS 1836 EST DÉCÉDÉ
CLAUDE FRANÇOIS BROCHET AGÉ DE 70 ANS
RÉUNI A SON ÉPOUSE ET A SES ENFANTS
IL EMPORTE LES REGRETS ÉTERNELS
DE SES NEVEUX DE SES NIÈCES
ET DE TOUS SES AMIS
PRIEZ POUR LE REPOS
DE TOUTE LA FAMILLE
DE PROFUNDIS

───────────

(Tombe n° 2)

FAMILLE MOURLOT
SAVOURÉ COMPOINT
(épitaphes cachées)

(*Tombe n° 24*)

ICI REPOSENT
LE CORPS DE CATHERINE VICTOIRE
MONTSARRAT
NÉE CLERGEAN-LACROIX
DÉCÉDÉE LE 3 FÉVRIER 1841
A L'AGE DE 42 ANS
PRIEZ POUR ELLE
LE CORPS DE JACQUES
MONTSARRAT
CONSEILLER HONORAIRE
A LA COUR D'APPEL DE PARIS
DÉCÉDÉ LE 5 JANVIER 1871
A L'AGE DE 71 ANS
PRIEZ POUR LUI

*
* *

ICI REPOSE
LE CORPS DE JEAN
CLERGEAN-LACROIX
ANCIEN CHEF DE DE DIVISION
AU MINISTÈRE DES FINANCES
DÉCÉDÉ LE 8 JUIN 1842
A L'AGE DE 85 ANS
PRIEZ POUR LUI

(*Pierre brisée, abandonnée contre le mur, à droite de l'entrée, à l'angle du baptistère, et portant la lettre I du plan. Cette pierre, par sa date, indique peut-être la première sépulture du cimetière, dès sa réouverture.*)

A HÉLÈNE DE BO. . . .
. . . ARCONIÉ SON EP. . . .
. . . . MADRID LE 6 J. . . . .
. . . ÉDÉE A PARIS
. . . AN NEUF. . . . . (2 . . . .

(*Pierre tombale intacte, mais dont l'inscription est toute rongée. Elle est placée, debout, contre le mur, à droite de l'entrée, et porte la lettre K du plan.*)

(Cette inscription est gravée sur le socle d'une croix qui se trouvait à l'ancien cimetière de la rue Marcadet. Lors de la désaffectation de ce cimetière, la croix a été transportée par les soins de la société « LE VIEUX MONTMARTRE » sur le parvis de l'église Saint-Pierre, devant le cimetière Saint-Pierre.)

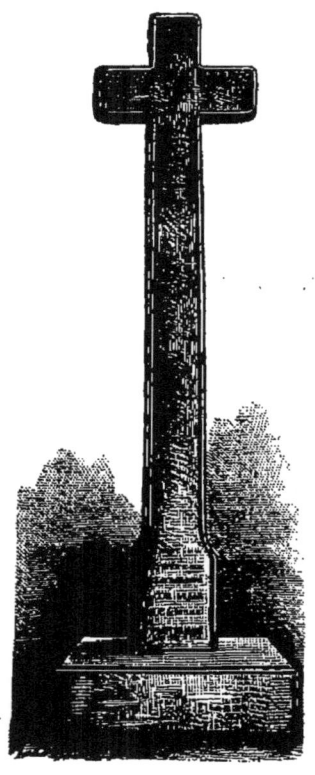

CROIX DE L'ANCIEN CIMETIÈRE
DE LA CHAPELLE

CETTE
CROIX A ESTE
FAITE ET PLANTE
PAR PHILIPPE
COTTAIN ANTIENC·
MARGUILLIER C
DE SA PAROISSE LA
CHAPELLE S. DENIS
LE 25 MAY 1763 EST
DÉCÉDÉ LE 29 MAY
·11· 1764 M. O
UN DE PROFONDIS
LE 15 MAR.. 1780
R. P.
DE PROFONDIS

Milton Keynes UK
Ingram Content Group UK Ltd.
UKHW020827250224
438379UK00009B/1098